KB211851

포기는 배추를 셀 때나 하는 말

포기는 배추를 셀 때나 하는 말

無수저의 자립 도전 에세이

초 판 1쇄 2024년 11월 12일

지은이 양진영
펴낸이 류종렬

펴낸곳 미다스북스
본부장 임종익
편집장 이다경, 김가영
디자인 임인영, 윤가희
책임진행 안채원, 이예나, 김요섭, 김은진, 장민주

등록 2001년 3월 21일 제2001-000040호
주소 서울시 마포구 양화로 133 서교타워 711호
전화 02) 322-7802~3
팩스 02) 6007-1845
블로그 http://blog.naver.com/midasbooks
전자주소 midasbooks@hanmail.net
페이스북 https://www.facebook.com/midasbooks425
인스타그램 https://www.instagram.com/midasbooks

© 양진영, 미다스북스 2024, *Printed in Korea*.

ISBN 979-11-6910-909-3 03810

값 19,500원

※ 파본은 본사나 구입하신 서점에서 교환해드립니다.
※ 이 책에 실린 모든 콘텐츠는 미다스북스가 저작권자와의 계약에 따라 발행한 것이므로 인용하시거나 참고하실
   경우 반드시 본사의 허락을 받으셔야 합니다.

미다스북스는 다음세대에게 필요한 지혜와 교양을 생각합니다.

無수저의 자립 도전 에세이

포기는 배추를 셀 때나 하는 말

양진영 지음

미다스북스

추천사   9

들어가며 당신의 좌우명은 무엇입니까?   14

1장

죽지 않고 살길 잘했어

1. 그럼에도 잘살아 봅시다   19

2. 하느님, 왜 아빠를 벌써 데려가세요?   22

3. 술 냄새와 악취로 가득한 우리 집   28

4. 역마살을 가진 문제아   32

5. 당신은 누구시길래 우리 집에?   37

6. 알몸으로 도망쳐 SOS   42

7. 어라, 집에 갈 줄 알았는데?   46

8. 폭력으로 얼룩진 비인가시설   52

9. 세뇌를 극복한 내 유일한 취미   58

10. 긍정과 도전은 삶을 어떻게 바꾸어 줄까?   61

11. 살려 주세요! 충주시청   68

12. 동생아 행복하길   73

2장

흙수저란 신분을 벗어나다

1. 낭랑 18세, 500만 원 들고 나가라고요?   79

2. 임금체불과 절대적 빈곤을 겪다   84

3. 군 입대, 크샤트리아를 꿈꾸다   91

4. 나는야 재정병과 부사관   98

5. 아내와의 만남, 대학교에 가 볼까?   104

6. 너 진짜 열심히 산다   109

7. 빵값이 왜 이리 비싸?   113

8. 적은 돈으로 흑자 결혼하기   116

9. 아! 청약 당첨, 동탄신도시에 내 집   121

10. 無스펙인 내가 대기업 건설사 합격?   125

11. 도전 마인드 셋 장착   128

12. 한계란 없습니다   132

3장

고군분투 자립준비청년, 당신의 멘토

1. 재테크? NO, 개인재무관리	139
2. 종잣돈 마련의 기초, 예·적금 TIP	145
3. 파킹통장과 금융 정책 상품을 활용하자	149
4. 개인연금이 왜 필요할까?	154
5. 주의! 사회초년생 때 이것에 속지 말자	160
6. 건전한 빚을 내고 관리하라	164
7. 임대주택에 들어가는 방법	171
8. 주택청약으로 내 집 마련해 볼까?	175
9. 알차게 보험 준비하기	182
10. 나를 표현할 자기소개서 작성 TIP	187
11. 면접! 분위기를 끌어내자	201

4장

포기는 배추를 셀 때나 하는 말

1. 가난은 잔혹하며 피폐하다   211

2. 가장 빨리 성공하는 방법, 책   217

3. 도전! 비워 내야 비로소 보인다   221

4. 운이 좋은 사람이 되는 방법   225

5. 나의 가치를 높이는 브랜딩   228

6. 여행, 사람은 경험으로 성장한다   231

7. 연애와 결혼의 기준은 무엇일까?   234

8. 돈을 어떻게 잘 벌 것인가?   238

9. 자신의 권리를 찾고 주장하라   243

10. 자립할 때 필요한 마음가짐은 이것   247

맺으며 딱 10년 만의 변화, 개천에서 용이 난다   253

1. 자립아동정책의 방향을 말하다   259
2. 특성화고등학교를 졸업했다면? 이렇게 대학 가자   267
3. 인문계고등학교를 졸업했다면? 이렇게 대학 가자   271
4. 자립준비청년에게 유용한 정책 정보 사이트   274

아동권리보장원 정익중 원장 ────────────

이 책은 어려운 환경 속에서 건강하게 성장한 자립준비청년의 빛나는 여정을 담고 있습니다. 저자는 힘들었던 유년기에도 불구하고 자신의 꿈을 이루기 위해 끊임없이 노력하며 자립의 길을 걸어왔습니다. 자립준비청년으로서 수많은 도전을 마주했지만, 이웃, 동료 등 주변의 도움과 자신의 굳은 의지로 이겨내며 성장했습니다.

어려움 속에서 발견한 희망과 가능성, 그리고 성공 경험은 자립 후배들에게 필요한 용기와 지혜를 제공할 뿐만 아니라, 어려운 상황에 부닥친 이들에게도 따뜻한 위로와 희망의 메시지를 전합니다.

자립은 결코 한 사람의 힘만으로 이루어지는 것이 아니라 주변의 지지와 이해가 함께할 때 비로소 진정한 자립이 가능합니다. 이 책의 출판이 저자의 발전과 자립 선배로서 자립을 준비하는 이들에게 용기와 희망을 주고, 더 나아가 우리 사회의 따뜻한 변화를 끌어내는 작은 씨앗이 되기를 진심으로 응원합니다.

절대 포기하지 마시고 주변에 작은 도움부터 요청해 보세요. 주변 타인의 아픔에 귀 기울이고 품을 내어 주는 따뜻한 어른들이 많다는 사실을 아시게 될 것입니다. 아동권리보장원도 그 따뜻한 어른이 되어드릴 것입니다.

인간은 사회적 동물이기에 만남을 통해 성장합니다. 그렇기에 다른 이와의 만남은 또 다른 세계를 접하는 것처럼, 가슴이 설레는 일입니다. 제겐 이 책과 저자가 그러합니다. 글쓴이를 만날 때마다 나이와 관계없이 상대방을 성장시키는 힘이 있음을 상기합니다. 에너지가 가득가득 들어 있는 청년입니다.

이 책에 적혀 있는 청년 멘토 내용은 하나하나 글쓴이의 사례를 중심으로 만들어졌습니다. 미래를 시작하는 청년 세대에게 꼭 필요하다고 느낍니다. 또한, 중년을 넘어 노년으로 가는 제게도 금융과 경제에 관한 주제는 참 의미 깊습니다. 『포기는 배추를 셀 때나 하는 말』 책이 세상에 나옴을 축하하며, 독자들께서 일독(一讀)해 보기를 적극 추천합니다.

아동과 청소년기는 평생을 좌우하는 매우 중요한 시기입니다. 그때 난 상처는 평생 어려움으로 남을 수 있다고들 합니다. 하지만, 이 책은 개인의 의지와 노력이 어떻게 이러한 상처와 역경을 이겨낼 수 있는지를 보여주며, 또한 안내합니다. 극심한 어려움 속에서 저자가 보여준 용기와 끈기, 그리고 단단함은 독자들에게 경이로움을 선사할 것입니다. 개인의 삶을 넘어 저자는 개인의 경험을 바탕으로 자립준비청년들이 꼭 알았으면 하는 생활의 중요한 팁들을 꼼꼼히 설명하고 있습니다. 마치 형이 사랑하는 동생에게 말하는 듯한 느낌이 들게 합니다.

내가 만나 본 저자는 특별한 에너지를 가지고 있는 분입니다. 아마도 모든 자립준비청년들이 저자와 똑같은 삶의 경로를 갈 것으로 생각하지 않습니다. 하지만, 이 책을 읽으며 독자들께서 더 나은 미래에 대한 다양한 영감이나 지식을 얻으며, 자신만의 행복한 삶을 만들어 나아가길 기원해 봅니다. 또한, 우리 사회가 아동의 배경과 관계없이 미래를 꿈꾸며 만들어갈 수 있는 그런 사회가 되기를 바라여 봅니다.

희망친구 기아대책 임팩트사업팀 임수진 팀장 ─────────

누구나 삶 속에서 예상치 못한 어려운 상황과 좌절의 순간을 마주하게 됩니다.

한순간 방향을 잃고 힘겨운 하루하루를 살아가는 많은 사람들이 있지만 저자는 포기하지 않고 작은 희망의 불씨를 따라 달려온 인생의 조각들을 엮어 많은 사람들에게 따뜻한 희망의 메세지를 전하고 있습니다.

따뜻한 어른의 보살핌이 필요한 시기에 스스로를 다독이며 작은 꿈과 소망을 품고 살아온 저자는 힘든 환경을 뒤로하고 도전한 삶을 나눔으로 자립을 앞둔 후배들과 삶을 포기하고 싶은 누군가에게 책을 통해 깊은 위로를 전합니다.

자립은 어느 한순간 이루어내는 극적인 판타지가 아닙니다. 인생에 다양한 경험과 나를 일으켜 세워주는 다양한 사람들의 보살핌 그리고 따뜻한 손길이 더해질 때 한 사람의 자립은 완성되어 갑니다.

책에 담긴 수많은 이야기들 속에 한 청년이 어떻게 삶을 포기하지 않고 달려가고 있는지, 얼마나 많은 주변 사람들이 함께하고 있는지를 통해 자립의 여정을 간접적으로 경험하실 수 있습니다.

이 책이 자립에 대한 막연한 두려움과 삶의 여정에 대한 고민을 안고 있는 수많은 자립준비청년들에게 길잡이가 되어주고, 더 많은 사람들이 우리 주변을 둘러보며 따듯한 손길로 함께할 수 있는 아름다운 세상을 여는 데 도움이 되길 희망합니다.

포기는 배추를 셀 때나 하는 말

포기하고 싶은 순간 이 책은 용기와 희망을 전해줄 것입니다. 저자가 아픔과 좌절 속에서도 세상을 밝게 빛나게 하는 별이 된 것처럼 여러분도 이 책을 통해 세상을 더 빛나게 할 그 '한 사람'이 될 거라 응원합니다.

당신의 좌우명은 무엇입니까?

좌우명은 인생의 방향에 큰 영향을 줍니다. "말하는 대로 생각한 대로"라는 노래 가사나, '언어가 바뀌면 행동이 바뀌고, 행동이 바뀌면 습관이 바뀌고, 습관이 바뀌면 인생이 바뀐다.'라는 격언처럼 말입니다. 전 10대까지 '후회는 언제나 늦다.'가 좌우명이었습니다. 후회할 짓을 반복하지 말자는 다짐입니다. 그런데 '후회'와 '늦다'라는 부정적인 용어가 반복되어 뇌리에 박혔는지, 아이러니하게도 자주 후회할 짓을 저질렀습니다.

그래서 지금은 '포기는 배추를 셀 때나'와 '그럼에도 불구하고'를 좌우명으로 삼았습니다.

덕분일까요? 과거보다 인생이 윤택해지고 행복해졌습니다.

또, 모험심이 고취됨에 여가 시간을 투자해 여러 과감한 도전을 이어갑니다.

독자분에게 묻습니다. 당신의 좌우명은 무엇입니까? 그 뜻대로 살고 있습니까? 혹은 저처럼 부정적인 용어를 좌우명에 넣다 보니 결심한 것을 잘 이행하지 못하고 있습니까? 읽고 있는 당신이 삶의 바탕이자 이정표가 될 좌우명을 곱씹어보면 좋겠습니다. 더 나은 뜻이나 아이디어가 있으면 과감히 바꾸어도 됩니다. 좋지 않은 과거나 어려운 현실을 바꾸는 첫걸음입니다. 상황에 맞춰 새로이 생각해 보고 뜻을 세워 보길 권합니다. 두려워하지 않으면 좋겠습니다. 뜻을 세우고 목표를 정했다면, 삶을 더 나은 방향으로 바꾸기 위해 끊임없이 도전해 보길 바랍니다. 당장 눈에 보이지 않아도 오늘 하루를 어제보다 더 멋지게 보내다 보면, 어느새 긍정적으로 변한 삶이 펼쳐집니다.

지금부터 서술할 에세이는 다소 특별합니다. 지독히도 액운을 타고난 어린아이가 있습니다. 아동 폭력이 빈번하고 알코올 중독인 부모 밑에서 유년기를 보냈습니다. 복도식 아파트 9층에서 땅을 쳐다보거나, 산에 올라 비탈길을 바라보며 '눈 딱 감고 굴러 볼까?'하고 자살을 고민했습니다. 부모님이 떠난 시기에는 비인가시설에 거주하며 폭행과 폭언 등 인권 유린과 압제 속에 학창 시절을 보냈습니다.

이 책은 흙수저에 고아란 어려움과 신분을 마주했습니다만, 결국 이를 극복한 청년이 '당신도 행복하게 살 수 있다.'라는 메시지를 담은 이야기이자 자립 투쟁기입니다. 삶을 더 나은 방향으로 바꾸기 위한 과정뿐만 아니라, 여러 유용한 내용도 담았습니다. 이 책이, 제 이야기가 당신에게 와닿고 울림이 되길 바랍니다. 그리하여 인생의 전환점이자 행복을 위한 긴 여정의 첫 발걸음이 되면 좋겠습니다.

포기는 배추를 셀 때나 하는 말

1장

죽지 않고
살길 잘했어

그럼에도 잘살아 봅시다

　팔삭둥이나 여덟달내기 혹은 팔부라는 말을 들어 보셨나요? 팔삭(八朔)은 여덟 달을 뜻하는데, 정상적인 임신 기간인 9~10개월을 채우지 못하고 8개월 만에 태어난 아이를 이르는 말입니다. 팔삭둥이는 보통 미숙아가 많기에 정상적인 기간을 채우고 태어난 아이들보다 사망률이 높습니다. 무사히 죽지 않고 살아남아도 선천적인 장애를 갖거나, 병을 달고 살 가능성이 큽니다.

　아무래도 전 세상이 너무나 궁금했는지 빨리 태어나고 싶었나 봅니다. 왜냐하면, 의정부의 한 병원에서 1995년 5월에 팔삭둥이로 태어났기 때문입니다. 아무래도 태중에서 8푼(80%)만 완성되어 나온 팔푼이었기에 집중 관리와 치료를 받았습니다. 그래서 그런지 이마에 주사를 얼마나 많이 맞았으면, 아직도 깊이 있게 패인 흉터가 남아 있습니다. 지금은 의학이 발달하여 조기 유도분만으로 태어나 팔삭둥이가 되는 일이 잦습니다. 발달한 의학 덕분에 건강상 큰 문제도 없는 경우가 많습니다. 그러나 제가 태어나던 때는 그렇지 못했나 봅니다. 세상과 삶에 대해 억척스러운 갈구함이 있었습니다. 다행하게도 지금껏 어떤 장애나 잔병치레 없이 잘살고 있습니다.

태어나자마자 미숙함, 그리고 죽음과 싸워 이겨 낸 삶이었던 셈입니다.

이 글을 읽는 당신도 그렇습니다. 태어나 세상을 보려 눈을 뜨고, 소통하려 말하고, 살려고 밥을 먹고, 발걸음을 내디뎠습니다. 심기일전(心機一轉)하여 마음을 먹고 몸을 일으켜 세워 앞으로 나아감은 독자분이 어린 아기였던 시절에 이미 이루어 낸 것입니다.

2024년 파리올림픽에서 대한민국은 적은 선수단을 파견했습니다. 그런데도 종합 8위, 금메달 13개, 총 메달 32개라는 우수한 성과를 실현했습니다. 선수들에게 성취를 실현해 낸 마음가짐을 들어보니 거의 '할 수 있다.'라는 다짐이었다고 합니다. 특히, 어린 나이에 여자 10m 공기소총 종목에 출전한 반효진 선수는 중국 황위팅 선수와 손에 땀을 쥐게 한 경기를 펼쳤습니다. 그러곤 '나도 부족하지만 남도 별거 아니다.'라는 생각을 바탕으로, 역대 대한민국 하계 올림픽 최연소 금메달을 획득했습니다.

현재 어떤 어려움에 봉착하였거나, 평소에 고민이 많으십니까? '내가 해낼 수 있을까?', '잘할 수 있을까?'라는 막막함에 갇혀 있습니까? 걱정을 덜어 놓고 고민을 내려놓길 바랍니다. 그저 '잘 이겨 내리라.', '할 수 있다.'라

포기는 배추를 셀 때나 하는 말

는 마음을 먹고 용기를 내어 걸음을 내디뎌 보십시오. 생각보다 쉬운, 별것 아니었던 너른 세상이 펼쳐질 것입니다.

하느님, 왜 아빠를 벌써 데려가세요?

상황에 따라 민감할 수 있는 질문입니다만, 당신은 아버지와의 추억이 있습니까? 전 그 추억의 시절을 거의 기억하지 못하지만, 문득 떠오르는 순간들이 있습니다. 아버지는 매일 새벽에 일어나 파란 작은 트럭을 몰고 의정부 부용천 인근의 청과시장을 찾았습니다. 거기서 채소와 과일인 청과류를 사서 차에 싣고 동네를 오가며 팔았던 장사꾼입니다. 전 그 트럭 2열에 누워 있거나 조수석에 앉아 장사하는 아버지의 모습을 구경했습니다. 특히, 어릴 적에 요거트와 요구르트를 좋아해서 간혹 하나씩 건네주실 때마다 웃으며 기뻐했습니다. 바다에 갔던 추억도 생각납니다. 저녁에 백사장에 앉아 폭죽을 다루어 보고 불꽃놀이를 감상했습니다. 물에도 잠깐 들어갔다가 발이 땅에 닿지 않아 허우적거리다 겨우 구해졌던 순간이 뇌리에 남아 있습니다.

더 있으면 좋았겠지만, 아버지와의 즐거웠던 희미한 추억은 트럭과 바다라는 두 기억이 전부입니다. 왜냐하면, 다섯 살 내외 어린 시기에 아버지가 돌아가셨기 때문입니다. 추억은 아득하지만, 아버지가 사망했던 그 순간은

포기는 배추를 셀 때나 하는 말

아직도 너무나 생생합니다. 어린아이가 가진 한정된 용량에 잊지 말아야 할 기억으로 인식한 듯합니다.

그날은 겨울철이었습니다. 육류를 좋아하는 아버지의 입맛을 따라 삼겹살이나 갈비를 정말 좋아합니다. "저녁밥은 아빠와 둘이 외식하자."라는 말에 좋다며 따라갔고, 용현초등학교 주변에 널찍한 자갈을 깔아 둔 주차장에 있는 갈빗집에 들어갔습니다. 창가 부근의 가운데 화로가 있는 상아색 좌식형 식탁에 앉았습니다. 고기를 내어 굽고 식사하는 도중에 아버지는 소주를 찾았습니다.

그런데 그날따라 너무나 불길한 예감이 드는 겁니다. 아버지에게 술을 먹지 말라고 강하게 말하였고, 뜻하지 않게 어린 아들의 강력한 반대에 부딪힌 아버지는 고민하는 모습을 보였습니다. 그런데 운명의 장난일까요? 종업원이 다가와 제게 한 말이 아직도 생생합니다. "에이~ 한 잔은 괜찮아."라는 말 말입니다. 이따금 그 종업원이 사람이 아니라 저승사자나 악마가 아니었을까 하는 생각이 듭니다. 아버지는 종업원의 권유에 못 이기는 척 소주를 주문하여 마셨고 그렇게 같이 귀가했습니다.

문제는 이때부터였습니다. 연락이 왔는지, 연락한 것인지는 모릅니다. 큰아버지와 어떤 잘못된 일이 있어 전화로 논쟁이 벌어졌고, 화가 난 큰아버지가 집으로 찾아왔습니다. 거주하던 곳이 빨간 벽돌 빌라집 2층인데 평수가 작아 거실 겸 큰방이 하나, 작은 방이 하나, 부엌과 화장실이 각 하나인 공간입니다.

거실 겸 큰 방에 가족들이 앉아 이야기하는데, 큰아버지가 아버지와 대화하다가 곧 주먹을 휘두르기 시작했습니다. 계속 맞다가 피를 흘리는 아버지의 모습을 보았습니다. 인간이 덜된 이라도 어린아이 앞에서 계속 폭행할 수는 없었는지 큰아버지는 아버지에게 나가자고 강권했습니다. 아버지는 제게 "큰아버지와 술 한잔 더하고 올 테니 자고 있어."라는 말을 남기고 나갔습니다. 그것이 생애 마지막 말이 되었습니다.

"자고 있으라."라는 아버지의 말과는 다르게 어떤 어린 아들이 피 흘리는 아빠를 보고 편히 잠들 수 있겠습니까? 얼마간의 시간을 두어 밖으로 나선 뒤 아버지를 찾기 시작했습니다. 움직일 수 있는 반경과 범위, 방향이 한정되어 있을 터입니다. 그러나 본능인지 부자지간의 정으로 인한 연결되는 끈이 있었는지 곧 아버지를 찾을 수 있었습니다.

그리고 저는 철물 건재 가게 앞 더미로 쌓인 벽돌 무더기에 숨어 아버지를 바라볼 수밖에 없었습니다. 어둡지만 가로등 노란 불빛이 내리쬐는 회색 담벼락 앞 하얀 눈이 쌓인 길가에 아버지가 쓰러져 있었기 때문입니다. 머리 발치에는 큰아버지가 서 있었습니다. 쓰러진 원인은 알지 못하나 집 안에서 폭행하였으니, 밖에서도 그리했겠다고 짐작할 뿐입니다.

포기는 배추를 셀 때나 하는 말

곧 저 사람이 내 아빠를 쓰러뜨렸다는 생각이 들어 너무나 떨리고 슬펐습니다. 눈물이 차오르며 화가 치솟았습니다. 더미로 쌓인 회색 벽돌 중 하나를 집었고, '이 벽돌을 들고 가서 저놈을 칠까?'하고 생각했습니다. 한동안 추운 날씨인지 분노 탓인지 벌벌 떨면서 지켜보며 울었습니다. 곧 어머니께 알려야겠다는 생각으로 집에 돌아왔습니다. 그런데 아버지가 맞는 모습을 보곤 속상한 마음에 소주를 마셨는지, 술에 약한 어머니가 취해 쓰러져 있어 깨우다가 지쳐 잠들었습니다.

이후 늦은 시각에 아버지가 비틀거리며 귀가했습니다. 작은방에서 자던 아버지는 '쌔액– 쌔액–'하는 이상한 소리를 내며 숨을 쉬었습니다. 그날 밤에 돌아가신 건지, 누군가의 신고로 출동한 119에 실려 가고 난 후에 병원에서 세상을 떠나셨는지는 잘 모르겠습니다. 그렇게 아버지는 돌아오지 않는 사람이 되었습니다. 본적인 남원에 묘가 있습니다만, 세월이 흘러 한 번 찾아가 본 탓에 정확한 위치는 잘 모르겠습니다.

왜 하느님은 어린아이의 아버지를 일찍 데려가셨을까요? 아직도 잘 모르겠습니다. 후일 아버지의 묫자리를 찾다가 친척과 연락이 닿았고, 자연스럽게 과거 아버지 이야기를 나누었는데 충격적인 소식을 들었습니다. 아버지를 폭행하고 결국 죽음에 이르게 한 큰아버지가 전과가 무수히 많은 범죄자였다는 사실입니다. 악인이 핏줄로 가까이 있다는 건 삶에 너무나 고달픈 일입니다.

혈육 간의 정이란 무섭습니다. 제가 〈TV러셀〉 유튜브에 출연하여 말한 이야기가 있습니다. '고아원을 나온 자식을 부모가 다시 찾는 이유'라는 검색어로 포털사이트에 입력하면 글들이 나옵니다. 울타리가 되어 주어야 할 부모가 아이를 버리고, 이용하는 등 친족간의 도리가 지켜지지 않는 일들이 잦습니다.

특히 아동복지시설에 거주하는 아동, 청소년이나 자립준비청년이라면 이런 경험이 더욱 많겠습니다. 그런데 사실 아이는 버려지거나 이용을 당하는 것을 알고 있습니다. 알면서도 정 때문에 냉정하게 사고하고 독립하여 자신의 미래를 설계하지 못합니다. 저 역시도 그랬습니다. 알코올 중독자인 어머니 아래에서 있는 것이 그래도 행복하다고 생각했기 때문입니다.

그렇기에 더욱이 냉혹한 현실을 생각해야 합니다. 반쪽짜리 부모가 있더라도 그 그늘에서 완전하게 벗어나는 것은 큰 용기가 필요한 일입니다. 제가 성인이 되었을 무렵 아버지를 때려죽인 큰아버지와 그 가족이 향후 조금의 도움을 주겠다고 연락이 닿았습니다. 그들을 온전하게 믿지 않았습니다. 친인척이라며, 핏줄이라며 호의인 척 접근하는 이를 경계하고 조심하시기를 바랍니다.

외롭다고 무섭다고 두렵다고 걱정하지 마십시오. 오직 스스로 올바른 판단을 내리고 용기를 내어 홀로 서시기를 바랍니다. 자기를 중심으로 인간관계를 구축하며 독립해 가면 됩니다. 나를 저당 잡거나 좀먹는 이는 점차 없어질 것입니다. 그러면서 나에게 큰 힘이 되는 친구나 동반자를 만나 어울리면 행복이 찾아옵니다.

술 냄새와 악취로 가득한 우리 집

　임대아파트에 거주해 본 경험이 있습니까? 전 유아기에 빨간 벽돌로 지은 낡은 빌라에 살았습니다. 아버지 사후로는 용현 주공아파트 2단지(현재는 재건축으로 탑석센트럴자이) 202동 304호에 거주했습니다. 아마 한 부모에 2자녀이다 보니, 취약계층으로 분류되어 임대주택에 거주할 자격이 주어진 듯합니다.

　재건축 직전의 아파트여서 5층에 엘리베이터가 없는 구조였습니다. 몹시 낡아 외벽의 페인트는 거의 벗겨지고 있었습니다. 계단은 금이 갔고 난간은 삐거덕거릴 정도였습니다. 세대 내부 주방의 몰골은 아직도 생생히 기억납니다. 바닥 난방이 들어오지 않을 정도로 낡았으며, 화장실 타일은 금이 가고 곳곳에는 곰팡이가 피어있었습니다.

　　　　　　　　　　　포기는 배추를 셀 때나 하는 말

그래도 그 임대아파트를 좋아했습니다. 대단지다 보니 주변에 사는 친구가 많았습니다. 녹지가 풍부하고 모래 놀이터가 널찍하니, 시간 가는 줄 모르고 놀며 돌아다녔습니다. 풀밭을 오가며 여치를 잡았고, 민들레를 찾아 바람을 불어 씨앗을 날렸습니다. 주기적으로 단지 내에 시장이 열려 구경하고, 옛날 호떡을 사 먹는 재미가 쏠쏠했습니다. 첫 임대 주공아파트에 거주하며 쌓은 추억입니다.

월세가 저렴한 임대아파트에 들어왔지만, 가정의 환경은 날로 악화했습니다. 별다른 기술이나 학위가 없던 어머니였기에, 단순 일용 근로자로 두 아들을 먹여 살려야 했습니다. 지금이야 모성보호나 육아 관련, 그리고 한부모 가정에 대한 지원과 긴급복지지원제도 등이 구축되어 있지만, 2000년대 초반의 복지제도란 빈약했던 모양입니다.

어머니는 매일 새벽같이 일어나 자전거를 타고 나갔습니다. 그렇게 의정부 시장이나 식당에서 단순 근로를 하고 받은 적은 돈으로 가계를 지탱했습니다. 그러나 단순 일용 근로자를 대하는 노동 시장과 관행에는 2010년대 제가 겪었던 시기에도 불합리함과 차별이 존재했습니다. 하물며 10년 전인 그때는 얼마나 말 못 할 어려움과 답답함이 많았겠습니까? 어머니는 몸도 마음도 피폐해지며 점점 술과 담배를 가까이하기 시작했습니다. 술을 잘 먹는 체질이면 모르겠습니다. 알코올에 약한 몸인데 마시는 방법도 잘 몰랐는지, 아니면 너무나 갑갑해서 그랬을까요? 소주를 마실 때면 병뚜껑을 따고 입안으로 한 번에 다 비워 버리곤 했습니다. 그렇게 한 병을 마시고 나면 하루나 이틀을 내리 취한 채 죽은 듯 잠들었습니다.

어려운 환경은 개선되지 못했습니다. 어머니가 점점 술과 담배를 가까이하는 탓에 집은 악취가 났습니다. 그때가 유치원에 다닐 때이니, 밥을 짓는 등 챙겨 먹는 법을 몰라 저와 동생은 잘 먹지 못했습니다. 인근 이웃이나 교회의 사모님, 그리고 친인척들이 어머니가 연락이 잘 닿지 않을 때면 집을 찾았습니다. 그리고 밥과 반찬, 찌개를 끓여 먹이고, 씻기고 옷을 갈아입힌 기억이 납니다. 그때는 이런 정이라도 많은 사회였습니다.

가끔 인터넷에 올라온 글 중에 이웃 간 정이 많던 사회가 그립다는 내용을 찾아볼 수 있습니다. 과거에는 한 동네에서 친구들과 어울려 지냈습니다. 집에 부모님이 없을 때면, 스스럼없이 옆집에 들러 잠시간 놀다가 귀가하였습니다. 지금은 복도나 계단식 형태의 아파트라는 주거 문화가 보편화

포기는 배추를 셀 때나 하는 말

되고, 개인의 사생활과 안락함을 중시하는 사회입니다. 즉, 이웃 간에 교류는 거의 하지 않는 세상입니다.

그러나 고독사하는 이들이 계속하여 발생하고, 주변 이웃이 발견하여 신고하고 장례를 치렀다는 뉴스가 심심찮게 들립니다. 주위에 어렵게 생활하거나 작은 정이 필요한 사람들은 생각보다 가까운 데 있을 수 있습니다. 예전만큼은 아니더라도 모쪼록 조금씩 시간을 내어 주변을 돌보며, 함께 살아가는 이가 많아졌으면 좋겠습니다.

역마살을 가진 문제아

사주(四柱)를 보신 적 있으신가요? 지금은 누군가를 만날 때 MBTI를 바탕으로 나와 잘 맞는 사람인지를 확인하는 문화가 자리 잡았습니다. 이렇게 확인하고자 하는 바는 연애할 때도 이어지는데요. 저 역시도 그랬습니다. 아내와 호기심을 충족할 겸 재미있겠다는 생각에 궁합이나 사주를 보았습니다. 그런데 봐주시는 분이 제게 역마살이 있다 합니다.

역마살은 살(殺)의 일종입니다. 한곳에 정착하지 못하고 여기저기 돌아다니는 운명을 지칭합니다. 역마는 기차가 있기 전에 전보나 소식을 전하는 이가 타는 말인데요. 요즘으로 치면 영업용 자동차라고 생각하면 이해하기 쉽겠습니다. 영업용 자동차가 연식 대비 운행한 거리가 많은 만큼, 역마도 맡은 임무를 위해 양껏 달렸겠습니다.

살(殺)이 붙듯이 본래는 좋지 못한 말입니다. 장소나 직업에 편히 안정적으로 정착하여 살지 못하고, 이리저리 떠돌아다니다 잘못되면 죽기까지 할 운명이라는 뜻입니다. 그런데 교통이 발달한 현대 사회에서는 달리 통하기도 한답니다. 이동이 많은 이들에게는 없어서는 안 될 살이라고 주장하는 역술인들이 많습니다.

전 확실히 역마살을 타고났습니다. 살(殺) 기운이 있으니 부모를 일찍 잃었고, 가정환경과 정서가 불안하여 이리저리 떠돌았습니다. 초등학교를 졸업할 13세까지만 하더라도 의정부에서만 만가대, 용현동 빌라, 용현 주공아파트, 신곡 주공아파트, 경기북부 아동일시보호소를 전전했습니다. 중학교에 입학할 시점인 14세부터는 충주의 비인가시설과 인가시설에 살았습니다. 성인이 되고 나서는 백령도, 청주, 익산, 영동, 철원, 포천, 용인과 화성시 동탄2신도시까지 옮겨 다녔습니다. 주민등록초본을 발급받아 볼 때마다 이사한 이력이 참 많다는 생각이 듭니다.

평소 생활 방식도 방방곡곡을 다닙니다. 어릴 적에는 자전거를 타거나 산을 넘어 다른 동네를 돌아다니기 일쑤였습니다. 지금의 아내와도 2년간 장거리 연애로 만났습니다. 결혼 후에도 계속 주말 부부로 기나긴 거리를 오갑니다. 직업도 한때 영업을 맡아 1년에 40,000km를 우습게 운전했습니다. 지금도 통근 거리가 멀어 출퇴근이 왕복 4시간 가까이 걸립니다. 여행도 좋아합니다. 우리나라 지역 곳곳을 방문하고, 지도를 색칠합니다. 해외도 툭하면 쏘다니니 운명이란 게 정말 있나 봅니다.

여러분도 자신의 운명이 궁금하다면 호기심 충족 삼아 타고난 사주를 한번 보아 보시면 어떨까요? 은근히 재미있을 겁니다. 거기서 혹시나 저처럼 어떠한 살(殺)이 붙었다는 얘기를 듣더라도 낙담하지 않기를 바랍니다. 좋지 않다고 부정적으로 생각하기보다 붙은 운명을 긍정적인 결과로 바꾸면 됩니다. 제가 역마살로 고된 어린 시절을 보냈지만, 지금은 긍정적으로 바라보아 여행하는 재미로 승화시켰듯이 말입니다. 긍정적인 마음가짐으로 자주 웃으면 분명 재미있는 삶이 이어질 것입니다.

사주와 별개로 전 문제아였습니다. 집안이 너무나 가난했습니다. 항상 배고팠고 군것질을 양껏 해본 적도 기억이 잘 나지 않습니다. 가난이 바탕이 되니 소유한 것이 없는 무소유의 삶을 살았습니다. 가세가 기울고 어머니만 살아계실 때는 현재 환경을 탓하기보다 서로 배려하며 열심히 살아도 잘 살기가 어려웠을 터입니다. 그런데 반항심과 함께 가난한 상황을 탓하는 삐뚤어진 마음이 자랐습니다.

지금은 학교에서 준비물을 모두 챙겨 놓고 가르친다지만, 제가 초등학교에 다녔던 2000년대 초반은 준비물을 가정에서 준비해야 했습니다. 지점토, 찰흙, 조각칼, 수수깡, 각도기, 삼각자, 단소, 리코더, 음악 공책, 한자 공책, 붓, 먹, 물감, 물통, 팔레트처럼 다양한 물건이 필요합니다. 어머니에게 필요한 것을 미리 말하는 걸 깜빡하거나, 어머니가 바빠 일을 나가 미처 준비물 값을 챙겨 주지 못할 때가 있었습니다. 그 밖에도 가끔 술에 취해 자고 있거나, 돈이 없는 경우 등 갖가지 사유로 물건을 준비하지 못하고 등교할 때가 잦았습니다.

필요한 물건을 준비하지 못했을 때마다 자존심을 내려놓았습니다. 마치

포기는 배추를 셀 때나 하는 말

깜빡한 것처럼 주위 친구들에게 빌려 달라 청했습니다. 그렇지 못하면 준비물을 가져오지 못한 잘못으로 손바닥이나 엉덩이를 30cm 자나 작대기로 맞았습니다. 남들은 아무렇지 않게 챙기는 물건이 내겐 주어지지 않는다는 생각에 맞거나 빌릴 때면 참 서럽고 눈물이 났습니다. 슬프기만 하면 그만인데, 이따금 분노가 일어나 가정환경을 참 많이 탓하였고 점점 엇나갔습니다.

어느새 준비물부터 갖고 싶은 물건이 생기면 도둑질하기 시작했습니다. 주말이면 어머니가 헌금하라고 준 1,000원을 교회에 내지 않았습니다. 또 다른 교회를 찾아다니며 기회가 있을 때마다 헌금함에서 돈을 훔쳤습니다. 문구점에 들릴 때면 물건을 은근슬쩍 주머니에 넣었습니다.

도덕이란 교과목을 배울 때 마음에 삼각형이 있다는 일화가 기억납니다. 이 삼각형은 양심에 접촉되는 행위를 하면 뾰족한 끝으로 마음을 찌릅니다. 이로 내면에 가책을 느끼게 한다는 것이었습니다. 이를 반복하다 보면 끝이 닳아 점차 마음이 쓰리다는 걸 인지하지 못한다고 합니다.

이 삼각형 이야기를 보고 필라멘트로 형성된 백열전구를 떠올렸습니다. 처음에 도둑질하면 마음속에 있는 전구가 환하게 밝혀져 내 잘못을 모두가 아는 것 같았습니다. 뜨겁고 불편한 양심의 가책을 느꼈습니다. 그러나 전구를 켜고 끄기를 반복하다 보면, 점차 빛을 잃고 그 뜨거움도 약해집니다. 제가 느꼈던 부끄러움과 뜨거운 양심의 가책은 어느샌가 아무렇지 않아졌습니다.

그렇게 절도 행위나 거짓말을 자주 일삼는 문제아가 됩니다. 이러한 도둑질이 걸려 어머니 귀에 들어가는 날엔 귀가하면 정말 많이 맞았습니다. 반성하고 그러지 않아야 하는데, 항상 기근과 부족함에 시달려 습관이 된 잘못된 도벽은 쉬이 끊이지 않았습니다. 이러한 행위는 경찰서를 들락날락하길 끝으로 중학생 때에 잘못함을 크게 깨닫고 근절했습니다.

한순간의 실수로 잘못된 행위를 저지를 수 있습니다. 그러나 자기합리화를 통해 반복하거나 더 심화하는 것은 옳지 못한 행동입니다. 윤동주 시인의 글귀와 같이 '하늘을 우러러 한 점 부끄럼 없는 사람'이 되길 바랍니다. 자신에게 떳떳하고 당당하면, 어느샌가 든든한 자존감이 형성된 나를 마주할 것입니다.

포기는 배추를 셀 때나 하는 말

당신은 누구시길래 우리 집에?

아버지가 돌아가시고 얼마간 시간이 흘렀을까, 의정부의 신곡 주공 3단지 임대아파트로 이사했습니다. 초등학교 고학년이던 어느 날이었습니다. 학교를 마치고 집에 왔는데, 누군지 모를 아저씨가 안방에 앉아 있었습니다. 태연하게 있기에 손님인가 싶어 누군지 물어보니 어머니가 답하기를 새아빠라고 합니다. 결과적으로는 그 사람이 낯설었지만, 곧 받아들이고 적응하였습니다.

학교에 다니며 친구들과 이야기할 때 가족이 대화의 주제가 되면 얼른 피하거나 화제를 돌리며 아버지가 없다는 사실을 숨겼기 때문입니다. 늘 마음 한쪽에 한 부모 가정이라는 점이 불편하였고, 아빠가 있으면 좋겠다 곤 생각했습니다. 그래서 마음 한편에 반기는 마음이 있어 가족으로 금세 받아들인 것 같습니다.

첫 새아빠는 운동과 등산을 즐기고 술과 담배를 하지 않는 사람이었습니다. 산에 가서 철봉을 오래도록 타는 다부진 체력을 갖고 있었고, 그래서인 지 동네 뒷산에 자주 올랐습니다. 체력이 쌓인 후에는 가방에 세 병의 1.5L 페트병으로 약수터에 물을 뜨러 다녔습니다. 산에 사는 다람쥐나 청설모 그리고 새를 찾는 재미도 쏠쏠했습니다. 쉼터에 있는 운동기구나 도구도 사용해 보기 시작하였고, 곧 큰 검정 훌라후프를 잘 다루게 되었습니다.

이래저래 괜찮은 새아빠라 생각했으나, 어느 날 어머니와 큰 이견이 발생하여 다투는 모습을 보았습니다. 문제는 새아빠가 욱하는 성질이 있음과 근로를 하지 않는 것이었습니다. 사람이 욱하면 그 기질을 다스릴 수 있어야 하는데, 화가 난다는 이유로 술병을 던져 모니터를 파손하는 등 집안 살림살이를 부쉈습니다. 또한, 큰 소리를 내어 집안의 분위기를 좋지 않게 만들었습니다. 일하지 않으려는 태도, 즉 근로 문제로도 계속하여 어머니와 다투었습니다. 결국, 새아빠는 '용현교통'에 취직하고 202번 버스를 몰았으나, 동시에 집안을 떠났습니다. 이것이 첫 번째 새아빠의 기억입니다.

포기는 배추를 셀 때나 하는 말

두 번째 새아빠라 칭하는 자와의 첫 만남은 좀 특이했습니다. 학교를 마치고 놀다 집에 가는 길이었는데, 어머니에게 전화가 와서 한 숙박업소를 찾았습니다. 밖에서 어머니를 만나 어떤 방에 가보니 한 남자가 있었습니다. 사실 이름이 무엇이고 몇 살이며, 직업은 어떤지 등 그가 말하는 걸 귀담아듣지 않았습니다. 똑바로 보기 싫었습니다. 혼란스러웠습니다.

5살 남짓에 친아버지를 잃었으나 아버지에 대한 정이 있었습니다. 뒤이어 첫 새아빠에게도 티는 많이 안 내었는데 정이 갔었나 봅니다. 그런데 또다시 새아빠라니? 삼세번이라니? 두 번째 아빠까지는 어찌어찌 용인해도 남들은 하나만 존재하는 아빠가 세 번째라는 것이 싫었습니다. 또 피가 섞이지 않은 철면 부지의 남을 가족으로 들여야 한다는 걸 이해하지 못했습니다.

아버지와 어머니가 세상을 떠난 날에 느꼈던 불안한 육감이 있습니다. 이 남자를 만났을 때 촉이 경종을 울리며, '이 세 번째 남자가 집안에 재앙을 가져다줄 것'이라고 본능적으로 느꼈던 듯합니다.

새아빠들에겐 체벌을 받거나 폭행을 당했습니다. 여러분은 가정에서 체벌을 받은 기억이 있습니까? 지금이야 아동심리 분야가 많이 연구, 실증되고 적용하는 방송 프로그램 등으로 체벌이 사라지는 추세입니다. 그러나 제가 아동이었던 2000년대 초중반만 하여도 가정에서 체벌은 흔한 일이었습니다. 서글프게도 체벌뿐만이 아니라 가정폭력까지 당하며 갖가지 매로 맞아 보았는데, 기억에 남는 도구는 나무 기둥과 자동차 와이퍼입니다.

나무 기둥과 자동차 와이퍼 중에 무엇이 더 아플까요? 나무 기둥은 첫 번째 새아빠가 사용한 매입니다. 어려운 가정환경과 집안에서 늘 풍기는 술 냄새, 그리고 새아빠에 적응하기 어려웠던 탓 등으로 학교생활에도 잘 적응하지 못했습니다. 집에 들어가기 싫어서 늦게 들어가거나 가출하기 일쑤였습니다. 이러한 비행 내지는 방황에 첫 번째 새아빠는 체벌 도구로 큰 나무 기둥을 어디선가 가져왔습니다. 그리고 보여 주는 것에 그치는 게 아니라 정말 매로 사용했습니다. 무게도 부피도 크다 보니 엎드린 상태에서 엉덩이에 한두 대를 맞으면 무릎이 풀려 주저앉곤 했습니다.

자동차 와이퍼는 두 번째 새아빠가 사용한 폭행 도구입니다. 방황과 비

포기는 배추를 셀 때나 하는 말

행이 계속되던 초등학교 고학년에서 중학교 1학년인 때였습니다. 이 사람은 맨정신인 상태에는 얌전하고 대화로 해결하려는 이였으나, 술이 들어가면 눈알이 돌아 버리는 정신병이 있었습니다. 손찌검은 예사였고, 어디선가 자동차 와이퍼를 가져와서 폭행하곤 했습니다.

둘 다 맞아 본 경험상 결론을 내리면 자동차 와이퍼가 더 아팠습니다. 나무 기둥은 도구가 무겁고 아파 아동이 맞기에 적합한 매는 아닙니다. 그러나 비행과 방황의 잘못에 대한 체벌이란 정당성이 있었습니다. 그렇지만 후자는 체벌이 아니었습니다. 묵직하면서 날카로운 날을 가진 자동차 와이퍼로 술 취한 사람에게 일방적인 폭행을 당했습니다. 이를 말리지 못하고 술에 취해 잠들어 있는 어머니의 모습을 상기해 보니 몸뿐만 아니라 마음마저 아팠습니다.

알몸으로 도망쳐 SOS

신곡 주공아파트 3단지는 1동과 2동으로 나뉘어 있습니다. 여느 날처럼 술 취한 사람에게 가정폭력을 당하고 있었습니다. 어느 정도 맞고 버티고 나면 끝났을 것이 끝이 없었습니다. 거기에 "그냥 죽으라."라고 말하며 큰 식칼을 가지러 가는데 어느 아이가 그 집안에서 더 버티고 있을 수 있겠습니까? 방문을 잠그면 더 화내고 문을 따서 기어코 더 심한 폭행을 하는 사람이었으니 방법은 탈출뿐이었습니다.

칼을 가지러 주방으로 향했을 때 작은방에서 현관문으로 달려가 문을 열고 도망쳤습니다. 생존에 대한 본능이 이끄는 대로 정신없이 아파트 비상계단으로 9층에서 1층까지 내려갔습니다. 현재 알몸이고 신발을 신지 못했다는 것은 고려할 상황이 못 되었습니다. 후다닥 1층까지 엘리베이터로 홀로 내려와 승강기 층수를 보았습니다. 9층에서 밑으로 내려오는 신호가 있는지를 살펴본 것입니다. 신호가 없기에 '추적이 있진 않겠구나!' 하는 안도의 마음이 들었습니다.

피난처는 옆집 아주머니 집이었습니다. 기독교를 신실하게 믿는 이 아주머니는 늘 현관문을 잠그지 않는 분입니다. 술에 취해 폭력을 행사하는 그 인간을 집안에 들이지 않기 위해 문을 이중, 삼중으로 잠그던 제 상황과 딴판이었습니다. 그래서 어느 날 왜 현관문을 잠그지 않는지가 궁금하여 물어보았는데, "도둑이 필요하면 필요한 만큼 가져갈 것이고, 도움이 필요한 사람은 쉽게 문을 열고 찾아올 거야."라는 취지의 답을 들었었습니다. 절박하고 긴박한 순간에 이 아주머니네 집이 피난처로 떠오른 건 저런 멋진 철학 덕분이겠습니다.

알몸으로 지상에 주차된 차량 사이사이를 사람이 지나다니지 않을 때 번갈아 가며 움직였습니다. 그렇게 무사히 옆 동 엘리베이터를 타고 아주머니 집 현관문 앞에 도착했습니다. 알몸과 맨발이라는 것이 부끄러워 현관문을 두들기고, 문짝 뒤로 숨어 열리는 문에 고개만 보였습니다. 아주머니에게 "저 알몸이에요. 입을 옷이 없어요."라고 말했습니다. 아주머니는 곧바로 옷을 꺼내어 주셨고, 아파트 복도에서 주섬주섬 옷가지를 입고 이웃집안으로 피난했습니다. 살려고 도망쳤기에 아직도 또렷하게 떠오르는 기억입니다.

알몸으로 밤에 도망쳐 온 어린아이를 본 아주머니는 분개하여 경찰에 가정폭력을 신고했습니다. 지금도 친권자로부터 일어나는 아동 폭력에 대한 보호가 부족하지만, 그래도 가해자를 즉시 아동과 분리 조치하고, 보호하는 제도가 마련되고 있습니다. 그러나 2000년대 중반인 그때는 전혀 아니었습니다. 경찰과 대동하여 아주머니와 함께 집으로 들어갔습니다. 곧 두 번째 새아빠는 경찰과 함께 어디론가 갔습니다. 혹여나 이 사람이 돌아올까 무서워 경찰에게 "저 사람하고 못 살겠다. 날 죽이려고 그랬다."라고 말했습니다. 그러나 미성년으로 스스로 보호할 권한도, 여건도 없는 아이의 말은 효력이 없었습니다. 아주머니도 말이 안 된다며 백방으로 알아보셨지만, 잠시 그 사람을 분리하는 것이 한계였습니다.

가정폭력 앞 무기력하고 절망적인 상황에 놓인 아이를 위해 발 벗고 나선 아주머니와 주변 이웃들 덕분인지 한 방송사가 찾아왔습니다. 어느 날 밤에 옆집 아주머니와 같이 의정부 제2청사로 향했습니다. 주차해 있는 방송국 검정 색상 승합차에 탄 다음 옷깃에 마이크를 달고 녹음기를 들어 제 모습을 비추는 카메라를 응시하며 인터뷰를 했습니다.

기억나는 질문은 "몇 살인지?", "이름이 무엇인지?"부터 "집안 상황이 어떤지?", "폭력을 하는 사람이 누구인지?", "어느 도구로 어떻게 어디까지 맞았는지?" 등이었습니다. 물음마다 기억을 떠올리는 것 자체로도 힘들었고 고통스러웠습니다. 그래도 방송사의 말처럼 TV에 송출이 되면 도움을 주는 사람이나 단체가 있을 것이고, 지금처럼 가정폭력을 당하는 환경에서 벗어나 상황이 나아질 거라는 하는 생각에 성심성의껏 최선을 다해 답했습니다. 그런데 결국에는 이 인터뷰와 촬영은 방송에 나가질 못했습니다. 미성년자의 입장이기에 친권자 내지는 법적 보호자의 동의를 받아야 하는데,

포기는 배추를 셀 때나 하는 말

어머니가 이를 방송으로 내보내는 걸 거부했음을 훗날에 알았습니다.

상황이 잘 개선되지 않아 낙담하고 우울했습니다. 생존에 위협을 받는 시기가 얼마간 이어졌습니다. 그러다 위기가정 아동 청소년이 있다는 소식을 접하였는지 굿네이버스에서 찾아왔습니다. 그러곤 상황을 파악하고 지자체와 연계하여 경기북부 아동일시보호소로 거처를 잠시나마 옮기게 해 주었습니다.

굿네이버스에서 참 여러 가지 활동을 한 것으로 기억납니다. 아동 치료의 일환인 미술로 집, 동물, 식물, 풍경 등 그림을 그려 보았습니다. 모래놀이를 통해 왜 그러한 조형물 내지는 결과를 만들었는지 등의 이야기를 나누며 마음을 열었습니다. 그 밖에도 지속적인 상담과 직접 해 보는 요리 같은 체험 활동을 진행하였고, 이를 통해 잠시나마 안정과 재미를 느꼈습니다. 그때를 떠올려 보면 도움의 손길이 닿았음이 참 다행이고 감사하다 싶습니다.

어라, 집에 갈 줄 알았는데?

집안이 가정 양육을 할 수 없는 환경이다 보니 경기북부 아동일시보호소에 맡겨졌습니다. 일시보호소는 지하 1층~지상 3층에 73평 건물로 당시에는 아동 10여 명이 있었습니다. 연령은 13세까지 머물 수 있습니다. 가장 나이가 많은 아동은 저보다 나이가 한 살 많았던 누나였던 것으로 기억합니다.

일시보호소는 외출이 엄격하게 제한되며 쳇바퀴처럼 크게 변하지 않는 시간표에 따라 매일 같이 생활했습니다. 2층에서 식사를 하고, 1층은 생활동으로 취침 공간이었습니다. 지하 1층에는 적은 수의 도서와 놀이도구가 있던 것으로 기억합니다. 역마살이 있는 아이가 일시보호소 안에만 있으려니 정말 갑갑했습니다. 창문을 열어 바람의 흐름을 느끼며 자유로움을 그리워했습니다. 집에 돌아가고 싶은 마음이 컸으나, 가정환경이 어려움에 체념하기 시작했습니다. 그때부터 점차 단체생활에 적응해 갔습니다.

　학교도 다니지 않고 건물 안에서 정기적으로 제공하는 급식을 먹었습니다. 주로 TV를 보며 시간을 보내곤 했지만, 책을 좋아하기에 지하 1층에 있던 비치된 적은 수의 도서는 모두 읽었습니다. 특히 거기서 지대한 영향을 준 책이 있는데, 바로 호비스트 출판사의 『알기쉬운 세계 제2차대전사』입니다.

　어릴 적부터 위인전을 비롯하여 많은 책을 읽었습니다. 특히 흥미를 느낀 분야는 역사와 사회였습니다. 세상이 어떻게 만들어졌고 흘러가고 있는지가 궁금했습니다. 또한, 어려운 환경에서 역경을 이겨 내고 업적을 냄에 감동했습니다. 과거의 위인전은 대체로 전쟁사와 관련한 전쟁 인물(광개토대왕, 왕건, 최영, 이순신 등)이 많았고, 이에 자연스럽게 군대와 전쟁사에 관심을 두었습니다.

　작은 실내 공간으로 지루하던 찰나에, 눈에 띈 이『알기쉬운 세계 제2차 대전사』는 세계를 가리키는 나침반이자 여러 흥미로운 이야기가 가득한 보물이었습니다. 이야기를 따라 근대시대에 일어난 스페인혁명, 독일 사회의 군국주의부터 폴란드 역사의 아픔을 인지했습니다. 소련으로 이어지는 너른 우크라이나 평원과 우랄산맥, 시베리아, 발트해, 북극해를 알았습니다. 서부전선에서는 베네룩스 3국의 무력함과 프랑스의 마지노선과 낫질작전으로 인한 파리 함락의 역사를 배웠습니다. 영국의 대항공전, U보트, 노르망디 상륙에 관한 전기는 손에 땀을 쥐게 했습니다. 이를 넘어 북아프리카의 알제리, 리비아, 이집트와 사막 이야기는 몹시 흥미로웠습니다. 약한 나라 핀란드가 겨울 전쟁으로 소련을 이겨내었다는 골리앗과 다윗의 싸움 같은 전쟁사에 감동했습니다.

　끝내 추축국이 패배하고 전후 질서와 냉전 세계가 꾸려지는 배경까지 도달했을 때는 기뻤습니다. 초등학교 교과서나 도서관에서는 알 수 없던 재미있는 이야기들과 역사의 흐름에 전율이 일었습니다. 어느 날 일시보호소에 미군이 방문했습니다. 한 일병에게 영어를 잘 모르지만, 이 책을 보여주고 군대와 관련하여 조금이라도 물어봤던 기억이 생생합니다.

　이 책과 이 경험 덕에 군인이란 꿈을 가졌습니다. 그리고 조금이나마 돈이 생기면 〈플래툰〉 잡지나『알기쉬운 전차이야기』,『세계의 항공모함』등 군사 무기나 전력과 관련한 책을 재미있게 찾아 읽었습니다.『알기쉬운 세계 제2차대전사』는 20년의 세월이 흘렀지만, 아직도 제 책장에 놓여 있습니다. 지독하게도 계속하여 보았기에, 이를 눈여겨본 시설 측에서 제가 퇴소할 때 선물로 주었던 듯합니다. 얼마나 많이 봤으면 겉이 닳고 닳아 표지는 형체를 알아보기 힘들 정도입니다.

아동일시보호소는 제 기억상 최대 3개월만 머물 수 있었습니다. 그 후 가정 양육을 할지, 어떤 큰 규모의 양육시설에 맡길지가 결정되는 듯합니다. 일시보호소에 입소할 때만 하더라도 어머니는 잠시 있는 것이라며 곧 집에 돌아갈 거라고 말해주었습니다. 그러나 3개월의 시간 동안 몸과 가정 살림을 재정비하기에는 부족했나 봅니다. 결국, 정부 지원을 받지 않는 비인가시설로 향하게 되었으니 말입니다.

경기북부 아동일시보호소를 퇴소하고 굿네이버스 담당자와 함께 이동했습니다. 그리고 비인가시설을 관리하는 서울의 한 사무실을 찾았습니다. 몇 가지 질문이 주어졌는데, 잘 어울려 지낼 수 있는지 등을 확인한 것으로 기억합니다. 오갈 데 없어 반드시 시설에 들어가야만 살 수 있기에, 잘 지내겠다고 답하여 입소를 승인받았습니다.

입소가 결정되고 충주로 이동하기 전 수일간은 청소년 일시보호소에 잠시 머물렀습니다. 2층 침대 몇 개와 거실, 주방으로 이루어진 공간이었습니다. 아이들은 낯선 아동을 좋아하진 않았습니다. 이러한 시설은 지적 능력보다는 나이와 신체 조건이 다른 아동보다 우수해야 괴롭힘이나 폭력으로부터 살아남을 수 있습니다. 경기북부 일시보호소는 당시 13세로 남자아이 중에서는 가장 컸으니, 생활에 큰 문제는 없었습니다. 그런데 잠시 머물게 된 청소년 일시보호소에는 중학생부터 고등학생들도 있어 며칠간 눈치를 보았습니다. 한두 차례 투덕거림도 있었지만, 폭력을 감내하기보다는 대항했더니 크게 건드는 이들은 없었습니다.

그렇게 수일을 보내고 충주로 향했습니다. 태어나 14년여를 보낸 의정부를 떠나 난생처음 고속도로를 타고 충청도까지 가보았습니다. 기대되기보다는 낯설고 두려웠습니다. 이때만 하더라도 금방 올 거라는 어머니의 약속을 믿었습니다. 길어야 1년이면 집으로 돌아갈 수 있다고 생각했습니다. 그러나 이후 고등학교를 졸업할 때까지 5년여를 시설에서 살게 됩니다.

포기는 배추를 셀 때나 하는 말

처음 도착한 충주의 비인가시설은 충주 마즈막재를 넘어 충주호수가 보이는 목벌동에 자리 잡고 있습니다. 비탈길에 복숭아와 사과나무가 보였고, 입구는 밧줄로 막혀 있었습니다. 밧줄을 치우고 내리막길을 쭉 내려가면 외부 도로나 길가에서는 나무들에 가려 잘 보이지 않는 시설이 존재했습니다. 차가 내리막길을 지나 주차장에 들어서니 아이들과 간사가 도열하여 기다리고 있었습니다. 내려서 인사하고 처음 애들을 만났는데 수 개월간 실내에만 머물다 밖으로 나온 것이라 그런지 아이들이 저를 보고 처음 한 말은 "와! 하얗다."였습니다. 이렇게 충주 비인가시설에서의 생활이 시작됩니다.

폭력으로 얼룩진 비인가시설

충주 비인가시설에서 중학교 1학년 때부터 고등학교 2학년까지 약 4년 간 거주했습니다. 돌이켜 보면 놀랍도록 시설 생활 4년간 쌓은 추억이나 재미있는 기억은 없습니다. 오히려 강압과 통제, 그리고 폭력과 노동이 떠오릅니다. 해당 시설은 국가나 지방자치단체 예산지원을 받는 것이 아닌 비인가시설이었습니다. 정기적인 감사나 공무원의 방문, 진단과 확인 등은 잘 시행되지 않았습니다. 즉, 그들만의 왕국과 다름이 없었습니다.

남자 아동 십수 명을 수용할 정도로 규모는 큰 편이었습니다. 웹사이트 나 뉴스로 이곳을 보면 기독교 정신을 바탕으로, 지상천국 내지는 낙원처럼 자연을 느끼며 성장하는 건설적인 시설로 표현됩니다. 그러나 실상은 작은 형제복지원에 가까웠습니다.

기초생활수급자인 아이들 앞으로 월마다 수급액과 지원금이 입금되었지만, 사실상 아이들에게 주어지는 용돈이나 개인 경비는 없었습니다. 수개월에 한 번씩 만 원 정도를 용돈이라고 주었지만, 이를 사용하려면 전날 간사에게 사용처를 보고했습니다. 간사는 이를 운영하는 원장 부부에게 보고

포기는 배추를 셀 때나 하는 말

했고, 그들의 승인을 받아야 했습니다.

이러한 용돈의 액수를 1일 단위로 나누어 계산해 보았습니다. 15원 정도에 불과했습니다. 그러나 이마저도 거의 사용하지 못하도록 제한받았습니다. 중학생 때 학교 특별활동(CA)으로 요리부에 들어갔는데, 1개월에 한 번씩 활동하는 데 필요한 준비물을 용돈으로 사려고 하자, 동아리를 바꾸라고 지시할 정도였습니다. 당시 돈에 대한 통제가 이해되십니까?

시설에서 학교까지는 버스를 타고 먼 거리를 이동해야 합니다. 간사가 교통카드에 잔액을 충전하면 이를 사용하는 식으로 통학했습니다. 일 단위로 사용 금액을 확인받았습니다. 버스를 잘못 타서 1일 편도 버스요금이 부족하면 사유를 제출하고도 손찌검을 받았습니다. 이러한 실수나 특수한 상황에 따른 폭력을 피하기 위해 하교 후 1시간 20분을 걸어서 시설로 귀가했습니다.

물론 하교 후 시간에 대한 통제도 있었습니다. 학교를 마친 후 바로 귀가해야 한다는 강행 규칙이었습니다. 15시 30분에 학교 수업이 끝나면 15시 50분에 있는 버스를 타야 하는 식이었습니다. 정해진 수업 교시보다 귀가 시간이 늦으면 마찬가지로 사유를 제출했습니다. 이 내용은 원장 부부에게 보고되었으며, 이들이 시설에 방문하는 날 해당 사유를 추궁받고 폭력을 당하기 일쑤였습니다.

비인가시설에서 중학교에 다니던 시기에 목요일을 좋아했습니다. 1교시가 더 많아 16시가량 수업이 끝났는데, 다음 버스 배차가 17시 시간대에 있었습니다. 버스 탑승 시간까지 1시간 내외로 여유시간이 있던 셈입니다. 버스 편도 이동비가 부족한 날에는 목요일을 활용하여, 1시간 20분 동안 걸어서 귀가했습니다. 버스비가 있는 경우에는 친구들과 하교 후 운동장에서 축구를 한다든지, 인근 도서관에 들러 책을 빌리는 식으로 1시간을 아주 소중하게 사용했습니다.

비인가시설은 4,300평 규모로 과수나무들을 키웠습니다. 자급자족(自給自足)을 내세워 하교 후 남자아이들은 강제노동에 투입되었습니다. 봄에는 가지치기와 비료를 뿌렸고, 여름에는 무심하게도 무성히 자라나는 잡초를 뽑고 예초기를 돌렸습니다. 가을에는 수확과 저장을, 겨울에는 덤불을 제거했습니다. 계절별 할 일을 글자로는 간단히 적어 내었지만, 가까이에서 들여다보면 정말 고된 노동이었습니다.

과수 농사 외에 여유시간이 있다면 땅을 개간하여 밭으로 만들었습니다. 거기에 모종을 심고 정기적으로 물을 주어 키워 냈습니다. 고추, 딸기, 참외, 수박, 케일, 오이 등을 심는 등 키워 내야 하는 것이 참 다양했습니다. 이렇다 보니 학교를 마치면 집에 천천히 귀가하고 싶었습니다. 그러나 정해진 버스 시간에 맞춰 하교해야 하였고, 학교에 가지 않는 주말은 종일 노동하는 날이었습니다. 그래서 전 학창 시절 학교가 주6일제에서 주5일제로 바뀌었을 때 크게 낙담했습니다. 토요일은 학교에 다니며 오전 노동을 피

포기는 배추를 셀 때나 하는 말

할 수 있었는데, 이제 가지 않게 되었으니 종일 일해야 했기 때문입니다.

고된 노동 중에 기억에 남는 사건은 가을철 불어닥친 태풍이었습니다. 무농약 농사를 짓는다고 품질이 크게 떨어져 먹을 부분이 적은 복숭아와 사과의 수확을 앞둔 시기였습니다. 충주를 관통하는 태풍이 불어왔고, 다음 날 거의 모든 과수가 땅으로 떨어졌습니다. 이거까지는 그냥 '올해 힘들게 일한 것이 거의 날아갔다.'라고 여겼을 터입니다. 원장 부부는 상황을 보고 "땅에 떨어진 복숭아와 사과에 벌레가 꼬일 것이고, 이로 나무가 죽을 수 있다. 그러니 모두 주워 날라 한 곳에 버리라."라는 지시를 내립니다. 비바람이 부는 날에 플라스틱 재질의 노란색 큰 바구니를 들었습니다. 남자아이들이 산 비탈길 등에 심어진 나무마다 떨어진 과수를 주워서 담고, 나르고, 버렸습니다. 이처럼 농사로 늘 낫과 삽, 곡괭이와 예초기와 같은 도구를 들었습니다. 넝쿨과 풀, 돌, 날붙이 등에 입은 상처가 함께 하는 시기였습니다.

아동 폭력도 빈번했습니다. 시설에서 생활하며 참 많이 맞았습니다. 폭력에는 갖가지 도구가 동원되었습니다. 빗자루, 파리채, 몽둥이, 작대기, 나무, 지팡이, 드럼 채, 회초리, 플라스틱 봉, 철제봉, 농기구 손잡이나 뼈대 등 손에 쥐고 휘두르기 좋은 것에는 거의 다 맞았습니다.

이러한 폭력은 빈번히 자행되었습니다. 개인의 잘못뿐만 아니라 연대책임을 씌웠습니다. 십수 명의 아동 중 1명이라도 어떠한 문제(도벽, 폭행, 욕설 등)를 일으킨다면 다 같이 맞았습니다. 문제를 일으킨 아이보다 나이가 많다면 관리하지 못했다는 이유로 혼나고 맞았습니다. 문제아와 같은 방을 쓰는 아이들은 이를 인지하거나 알 수 있었음에도, 혹은 알았음에도 알리지 않았다는 의심에 기조하여 폭력을 당했습니다.

이보다 어린아이들은 "저렇게 되지 말라.", "문제를 일으키지 말라."는 식으로 훈계를 받는 식이었습니다. 또한, 추궁하여 타인의 잘못을 꺼내게 하거나, 잘못한 것을 말해도 더 있을 것이라며 의심하고 캐내고 폭행하는 식이 계속되었습니다. 원장 부부는 아이들이 눈치 보며 이런저런 사소한 잘못까지 말하거나, 다른 아동의 잘못을 말하는 것을 '정직한 행위'라며 두둔하거나 좋게 보았습니다.

원장 부부나 간사에 의한 폭행 외에도 아동 간의 폭력도 잦았습니다. 아이들은 극심한 감시, 통제와 강압적인 분위기, 그리고 가난함을 달고 삽니다. 그러니 스트레스가 쌓이게 되는데, 이러한 스트레스는 어떤 식으로든 아동의 정신건강에 악영향을 미칩니다. 멀쩡하게 말을 잘하던 아이가 어느새 말을 더듬거린다든지, 중증으로 발전하면 틱장애가 생기는 등의 문제입니다. 쌓인 스트레스는 아동에게 폭력이나 도벽 등의 충동, 문제를 일으킵니다. 이러한 문제가 원장 부부나 간사의 귀에 들어가면, 또다시 모든 아동이 폭행이나 얼차려를 받는 악순환이 계속되었습니다.

제 동생의 경우 시설에서 5살이 많은 저라는 형이 있었기 때문에 다른 아이들이 쉽사리 건들지 않았습니다. 동생을 괴롭히는 모습이 걸리면 방어기제로 반드시 보복했기 때문입니다. 그러나 점차 저나 동생이나 정신적으로 지치고 피폐해지며 상태가 악화하였습니다. 저 같은 형이 없는 어린아이들은 다른 더 나이가 많거나 신체 조건이 좋은 아동의 폭력에 노출되었습니다. 직접적인 폭력이 없더라도 설거지나 개 밥 주기 등 해야 할 과업이나 과제를 떠넘기는 식으로도 괴롭혔습니다. 인세의 지옥이나 적자생존의 정글 같은 생활의 반복이었습니다.

얼차려도 참 많이 받았습니다. 엎드려뻗쳐, 원산폭력, 쪼그려뛰기, 어깨동무하고 앉았다 일어서기의 반복은 일쑤였습니다. 오리걸음으로 운동장을 돌거나 어디까지 찍고 돌아오기, 팔 벌려 높이 뛰기, 무릎 꿇고 손들기, 손들기, 벽 쳐다보고 반성하기는 일상이었습니다. 식사, 간식, 용돈 등 갖가지 제한이 함께했습니다. 얼차려를 단독으로 받을 때도 있었으나, 앞서 적은 것처럼 폭행의 전후에 얼차려가 같이 시행되곤 하였습니다.

세뇌를 극복한 내 유일한 취미

여러분의 학창 시절이 저와 같은 상황이라고 생각해 봅시다. 돈은 없습니다. 배는 늘 고픕니다. 학교에 끝나면 바로 시설로 귀가해야 합니다. 귀가하면 강제노동이나 아동 폭력에 노출됩니다. 핸드폰은 통제되어 소유할 수 없습니다. PC도 주어지지 않습니다. 이러한 상황에 어떤 취미를 붙일 수 있겠습니까?

저의 오래되고 유일한 취미는 독서였습니다. 초등학생 때 위인전을 읽기 시작하여 촉발된 독서는 비인가시설로 옮겨가도 계속되었습니다. 독서는 돈이 들지 않았습니다. 학교 도서관은 14일의 기간을 정해 책 3권 정도를 대여해 주었습니다. 다행하게도 원장 부부나 간사는 책을 읽는 것에 별다른 제재를 가하지 않았습니다.

그래서 늘 책을 읽었습니다. 『화폐전쟁』, 『한국의 젊은 부자들』, 『경제학 콘서트』, 『열두 살에 부자가 된 키라』 등 분류 기호에 따라 000번부터 900번까지 다양한 분야의 책을 섭렵했습니다. 지루하면 만화책이나 한국, 일본, 판타지, 무협 소설책을 읽었습니다. 평소에는 관심 가는 역사, 사회, 전

포기는 배추를 셀 때나 하는 말

쟁사, 경제와 관련하여 즐독했습니다.

이렇게 독서에 흥미와 재미를 붙일 수밖에 없는 환경이다 보니 학교의 도서부에 들어갔습니다. 도서관을 관리하고 읽고 싶은 책이 생기면 구매를 신청하여 대여하는 식을 수년간 반복했습니다. 다독왕이란 상도 수 번 받았습니다. 학교 외에는 밖에 나가지 못했지만, 책으로 너른 세상을 보았습니다. 세계를 눈에 담았으며, 사회의 흐름을 이해하였습니다.

그러던 즈음 원장 부부는 원장님이 아니라 목사님으로 불렸습니다. 신학대학원을 다녀서 목사안수를 받았다는 이유였습니다. 이로 아이들이 부르는 호칭이 원장님이 아니라 목사님이 된 것입니다. 원장 부부는 운영하는 재단과 시설을 기독교 정신을 표방하는 듯 홍보했습니다. 시설 입구에는 큰 돌로 글씨를 새기어 자기들이 차린 개척교회의 상호를 세웠습니다. 문은 밧줄로 잠그고, 주요 길목마다 큰 개들을 풀어놓곤 말입니다.

원장 부부는 후원금을 모아 교회를 새로 지었습니다. 그리고 주말마다 목사처럼 예배를 주최하였고, 아이들에게 기도를 시켰습니다. 아이들을 통제하는 방식에 교리가 더해졌습니다. 즉, 힘과 종교가 합치된 제정일치 사회인 것입니다. 자신들이 하는 폭언, 폭행은 교리에 따른 정당한 것이었습니다. 아이들은 점점 더 목사님이란 용어가 주는 프레임에 갇혔습니다. 자기 생각을 자유로이 주장하고 행동하지 못했습니다. 그것은 그들이 말하길 '죄'였습니다. 세뇌가 진행된 것입니다.

이러한 말도 안 되는 세뇌에 나이의 많고 적음에 상관없이 아이들은 홀랑 넘어갔습니다. 유독 저보다 나이가 많았던 여아가 기억납니다. 19세가 되어 아동복지시설을 퇴소할 나이가 되고도 나가지 않았습니다. 생활 간사로서의 취업이라는 명목으로 붙잡힌 것입니다. 여아는 양평에 여자아이들을 수용한 시설에서 적은 월급에 하루 24시간을 모두 시설 관리로 일했습니다.

최저임금제나 주52시간제도 같은 법제는 적용되지 않는 사회였습니다. 간사로 일을 함에도 똑같이 다른 아이들처럼 폭언이나 폭행에 노출되었습니다. 감히 독립하거나 빠져나갈 생각을 못 하던 여아는 수년이 흐른 뒤에야 겨우 깨달아 생활을 청산하고 사회로 나갔습니다. 이처럼 다수의 아이가 세뇌를 당할 때 저는 독서라는 취미를 붙잡은 덕에 정신을 차렸습니다.

긍정과 도전은 삶을 어떻게 바꾸어 줄까?

우리는 시간에 따라 배고픔을 느낍니다. 사람들이 모여있는 공간에서 배가 꼬르륵하는 소리가 나면 신경이 쓰이고 곧 허기를 달래리라는 마음을 먹습니다. 동화 속에 등장하는 도깨비방망이처럼 내리쳐서 맛있는 음식이 나오면 얼마나 좋겠습니까? 안타깝게도 배고픈 현실에 처해 있던 제게 그런 마법 같은 일은 일어나지 않았습니다.

한창 잘 먹고 다녀야 할 중학생 때였습니다. 그날은 목요일이라 7교시를 해서 16시가량에 학교를 마쳤습니다. 시설에 귀가해야 하는 가장 빠른 버스가 17시 30분이었으니 1시간 좀 넘는 여유시간이 있었습니다. 시간이 난 김에 유일하고 소중한 취미인 도서 대여를 위해 충주시립도서관으로 향했습니다.

학교 내리막길을 다 내려왔을 즈음 배가 고팠습니다. 점심은 먹었으나 면을 먹어 소화가 빨리 되었다거나, 오후에 체육 시간이 있었나 봅니다. 주머니를 뒤적거려 보니 대략 처지를 아는 친구가 준 500원이 있었습니다. 500원으로 어떻게 배를 채울까를 고민하며 충주 공판장이란 마트를 찾았습니다. 무더운 날씨였기에 배를 채워야 할지, 목을 축일 음료를 사야 할지를 고민했습니다. 매대를 돌아다니던 끝에 두 가지 방안을 충족하는 것을 찾았습니다.

500원으로 굶주림과 목마름을 채운 두 가지는 '레쓰비'와 '라면 사리'였습니다.

포기는 배추를 셀 때나 하는 말

레쓰비는 행사가로 250원에, 라면 사리는 수프도 없으니 저렴한 250원에 판매되고 있었습니다. 이렇게 레쓰비와 라면 사리를 사서 오독오독 아껴 먹으며, 허기와 목마름을 달래어 시립도서관으로 향했던 기억이 또렷합니다.

가난하지만 독서에 매진한 덕분일까요? 그 노력을 성취감으로 입증할 기회가 주어졌습니다. 바로 학교에서 개최하는 각종 글짓기 대회입니다. 양성평등, 과학의 날, 담배나 마약 같은 유해 등의 주제로 간간이 열리는 글짓기 대회는 가뭄의 단비였습니다. 보통 상품으로 문화상품권이나 도서문화상품권이 내걸렸는데, 읽고 싶지만 그림의 떡인 책을 살 수 있겠다 싶었습니다. 처음으로 원고지를 구해 방법을 익혀가며 글을 써 내려갔고, 부족한 부분은 담임 선생님과 상담하며 보완했습니다. 그렇게 소중하게 작성한 원고를 대회에 출품했고, 노력한 덕분인지 상장과 상품권이란 부상이 주어졌습니다.

짜릿했고 재미있었습니다. 이후 공고되는 각종 글짓기 대회에 모두 참가했습니다. 그렇게 많은 입상을 기록하였으며, 학교와 백일장 등에 글을 내고 수상하여 판문점 견학의 기회를 잡았습니다. 끝을 모를 어두운 터널 같은 막막한 삶에 한 줄기 빛이 멀리서 보이는 것 같았던 성취감을 느낀 경험입니다.

4. 수 상 경 력

구 분	수 상 명	등급(위)	수상연월일	수여기관	참가대상 (참가인원)
교내상	2011학년도 양성평등 교내 글짓기 대회	최우수상(1위)	2011.04.18	충주공업고등학교장	전교생
	표창장(모범부문)		2011.05.30	충주공업고등학교장	전교생
	통일안보 한마당 행사(통일 안보글짓기부문)	우수(2위)	2011.06.24	충주공업고등학교장	1학년
	학업상(한국사, 음악)		2011.07.15	충주공업고등학교장	1학년 시스템전 자과
	2011학년도 독서의 달 행사(독후감쓰기 부문)	최우수	2011.11.04	충주공업고등학교장	전교생
	2011학년도 장성백일장	우수	2011.11.04	충주공업고등학교장	1학년
	학업상(사회)		2011.12.29	충주공업고등학교장	1학년 시스템전 자과
	2012학년도 교내 양성평등 글짓기 대회	장려상(3위)	2012.04.23	충주공업고등학교장	전교생
	통일안보 한마당 행사(통일 글짓기 부문)	최우수(1위)	2012.06.20	충주공업고등학교장	2학년
	학업상(공업입문)		2012.07.16	충주공업고등학교장	2학년 시스템전 자과
	약물남용 예방 글짓기대회(글짓기부문)	우수(2위)	2012.10.22	충주공업고등학교장	전교생
	자기소개서 경진대회	장려상(3위)	2012.12.06	충주공업고등학교장	2학년
	교내 과학의 달 행사(과학도 서독후감 부문)	최우수(1위)	2013.05.16	충주공업고등학교장	3학년
	교내 양성평등 글짓기 대회	최우수(1위)	2013.06.17	충주공업고등학교장	전교생
	교내 약물남용 예방을 위한 글짓기 및 사행시대회(글짓 기부문)	최우수(1위)	2013.10.21	충주공업고등학교장	전교생

성취감을 느낀 또 다른 사례는 공부입니다. 독서는 학창 시절 초등학생 때부터 고등학교 졸업까지 쭉 12년간 함께했지만, 공부와는 거리가 좀 멀었습니다. 체계적으로 학업을 배우거나 학원에 다니지 못하고 교과서로 독학해야 했기 때문입니다. 진도를 따라잡지 못하거나, 가정의 불화 등으로 학업에 적응하지 못한 시기가 중학교 1학년까지 이어졌습니다.

그러다 1학년 2학기에 껄렁껄렁한 애가 저보다 공부를 잘하는 것에 충격을 받았습니다. 분명 놀기만 하고 공부와는 담을 쌓은 애인 줄 알았습니다.

같이 놀았다지만 잘 찍어서 성적이 나은 것이라 치부하기에는 평균 점수가 높았습니다.

문득 '나라고 못 할 게 뭐냐'는 생각이 들었습니다. 그리하여 기초를 놓친 수학과 영어를 제외하고, 암기로 공부할 수 있는 과목에 관심을 가졌습니다. 대표적으로 국어, 도덕, 사회, 국사와 같은 과목입니다. 누가 문제집을 사 주는 것이 아니므로 교과서만 붙잡고 달달 외웠습니다. 잘 공부하는 방법 같은 건 몰랐지만, 교과서에 나오는 내용은 암기하려고 노력했습니다. 그리하여 중학교 2학년 때 시험을 치렀는데, 최하위권이던 성적이 중상위권으로 올라 크게 기뻤던 기억이 납니다.

할 수 있는 것을 해 보았더니 성취가 따라옴이 뿌듯했습니다. 이렇게 쌓은 자신감으로 고등학교 시기에 몇 암기 과목에 있어 전교 1등이란 쾌거를 거두었습니다. 하지 못하는 것을 버리고, 현 상황에 내가 할 수 있는 것에 집중하여 소기의 목적을 달성해 본 경험입니다.

이 꼭지의 마지막 성취와 도전 사례는 리더 경험입니다. 세상에는 리더라는 용어를 무엇이라고 정의한 많은 의견이 있습니다. 저는 리더란 '어떠한 목표를 달성하기 위한 조직에 가장 앞장서 구성원들과 함께 나아가는 이'라고 생각합니다. 여러분들은 리더를 맡아본 적이 있으십니까? 경험해 보았다면 언제였는지, 혹은 경험해 보지 못했다면 왜 그러했을까요?

제 경우 기록으로 남는 리더는 고등학교 1학년에 진학하는 시기였습니다. 담임 선생님께서 반 아이들에게 "임시 반장을 할 사람이 있느냐?"고 물었고, 잠시간의 침묵 끝에 용기를 내어 손을 들었습니다. '임시 반장'이지만 친구들에게 불리는 호칭은 '반장'이었습니다. 이렇게 먼저 생겨난 흐름은 거스를 수 없는 물결이 되어 뒤이어 열린 선거로 곧장 반장에 선출됩니다.

반장을 해보니 반원으로 있던 것과 다른 시야가 생겼습니다. 반에 공지해야 하거나 필요한 사항을 먼저 전달받았고, 갈무리하여 친구들에게 전파했습니다. 학교 및 학급 행사에 앞장서 움직이다 보니 수동적인 태도는 능동적이고 적극적으로 변모하였습니다. 또, 솔선수범의 모습을 보이려던 행동은 습관으로 자리 잡았습니다. 이러한 습관은 건설적인 생각을 가지는 데 큰 영향을 주었습니다.

즐거운 리더의 경험은 삶에 하나의 기준이 되었습니다. 살아가며 겪는 다양한 단체생활에서 팔로워가 아니라 리더로 '어떻게 생각하고 행동해야 할지'를 사고하며 움직였습니다. 구성원들은 리더의 목소리와 방향을 보고, 듣고, 의견을 제시합니다. 그리하여 개인이 보지 못하거나 부족한 부문을 집단지성의 힘으로 꽤 괜찮은 결과를 만들어 내곤 했습니다.

상황에 따라 여러 목소리를 조율하여 좋은 소통을 끌어내기도 했습니다. 면밀한 학습과 이를 바탕으로 신속하게 추진하여 성과를 만들어 내는 등 경험을 쌓았습니다. 리더를 맡아 성공적인 목표 달성을 이루어 냄이 잦아졌습

포기는 배추를 셀 때나 하는 말

니다. 운동도 공부도 특출나게 잘하지 못했던 고아였던 제가 말입니다.

성인이 되어서도 '화성도시공사 청년위원회 위원장', '화성시 청년정책 협의체 총괄 분과장', '국무조정실 청년정책 추진단 소그룹장', '577세대 주 상복합단지 입주자 대표' 등을 수행했습니다. 기회가 닿고 여건이 가능한 대로 리더를 맡아 활동합니다. 돌이켜 보면 이러한 리더의 경험이 사람의 생각을 바꾸고, 행동거지를 변화시켰습니다. 경험한 것이 많아지기에 행동 에 여유가 생기고, 사람의 '태'를 달리했습니다.

여러분도 가능하다면 용기를 내어 리더의 역할을 맡아 자신감과 '태'를 가꾸어 나가시면 좋겠습니다.

이러한 성취와 활동 경험은 삶에 매우 긍정적인 요소로 작용합니다. 기 억을 떠올렸을 때 뿌듯한 마음이 닮은 자신감을 불어넣습니다. 여러분도 잘못하는 것에 의미를 부여하지 않으면 좋겠습니다. 사람은 완벽하지 못하 므로, 내 장점과 특기를 알면 과감히 직진해 보길 바랍니다. 비관적인 한계 보다 긍정과 도전을 통해 삶을 개척해 보면 좋겠습니다.

살려 주세요! 충주시청

시설에서 원장 부부의 지시로 매일 아침과 밤에 예배 시간을 가졌습니다. 일요일에는 이들이 스스로 목사가 되어 주최하는 예배에 참여했습니다. 신은 하나일 것이지만 그들과 제가 소망하는 바는 달랐습니다. 압제와 강압에 수년을 보내며 몸과 마음이 지쳤습니다. 폭력과 욕설, 노동과 제한된 자유 아래 너무나 고되었습니다. 그때 주로 하던 기도 내용은 '주님, 전 언제까지 이렇게 맞고 체벌 받으며 살아야 합니까? 앞길을 열어주세요.'였습니다.

17세인 2013년 8월 전후의 어느 날입니다. 신의 인도였을까요? 계획도 없고 해결이 되리라곤 알지 못했지만, 지푸라기라도 잡는 심정으로 충주시청 아동복지과로 발걸음이 향합니다. 거기서 한 남자 주무관을 만났습니다. 무료하여 손사래 칠 뻔도 한데, 테이블로 안내하고 음료를 건네주며 이야기를 청해 들었습니다. 그리고 적극적으로 나서주었습니다. 덕분에 여러 차례 더 만나 소통하며 절망의 나락이란 그림자에 서 있던 암울한 아이가 구해졌습니다.

포기는 배추를 셀 때나 하는 말

충주시정 주무관은 시설 원장 부부에게 저와 함께 시청으로 찾아올 것을 주문하였습니다. 그리고 사실관계를 파악한 다음 인가시설인 진여원에 귀띔하여 입소 절차를 진행해 주었습니다. 그리하여 저는 비인가시설에서 충주시의 인가가 난 시설로 거처를 옮길 기회가 생겼습니다. 그 과정에서 기존 원장 부부가 시청에 공무원을 상대로 난리를 치고 민원을 제기하였습니다. 시설에서는 저를 상대로 아이들 앞에 서서 잘못을 고백하고 뉘우치라며 공개적인 비난을 일삼았습니다. 학교에서 귀가했을 땐 심심찮게 식사를 제한하고, 비 오는 날 밖에 서서 용서를 빌게 하는 등 모질게 굴었습니다. 그러나 끝내 행정 관청의 도움으로 시설을 옮겼고 어두웠던 삶이 밝아졌습니다.

국민신문고 답변서

민원유형	일반민원	주관부서	여성청소년과
민원제목	10년만에 감사의 인사를 전하고 싶습니다.		

안녕하십니까?
귀하께서 국민신문고를 통해 신청하신 민원(신청번호 1AA-2210-0110106)에 대하여 다음과 같이 답변드립니다.

귀하의 민원 내용은 '2013년 충주시 아동복지시설 담당 공무원 확인 및 포상 요청'에 관한 것으로 이해됩니다.

2013년 충주시청 아동복지시설 담당 공무원을 확인한 결과 김세원 주무관이 해당시기에 업무를 맡고 있었음을 확인하였고 귀하의 칭찬 내용을 해당 직원에게 전달하였습니다. 또한 해당 직원에 대해 요청하신 포상에 관한 사항은 담당부서에 전달하였음을 알려드립니다.

귀하의 문의에 만족스러운 답변이 되었기를 바라며 더 궁금한 사항은 충주시청 여성청소년과 아동보호팀(043-850-6775)으로 연락주시면 친절히 안내해 드리도록 하겠습니다. 감사합니다.

이후 10년에 가까운 시간이 흐른 뒤 국민신문고를 통해 감사의 인사를 전하였습니다. 공직자의 따뜻한 마음으로 삶의 전환점을 만들어 준 그분과 충주시청에 감사드린다고 말입니다. 위 사진은 충주시청에서 온 답변입니다.

비인가시설에서 모진 삶을 사는 아동 청소년이 계십니까? 시청의 아동이나 청소년 복지 담당자를 만나 호소하여 가능한 한 더 나은 삶을 살아 보셨으면 좋겠습니다.

충주에 호수길을 따라 쭉 이동하다 보면 동량면에 있는 절과 건물이 있습니다. 가는 길이 호수와 숲길이고, 근처 충주댐 선착장에서는 유람선도 탈 수 있습니다. 자연환경이 좋아 이따금 방문하는 곳입니다. 충주에서 유일한 아동복지시설인 진여원이 그곳에 있습니다.

고등학교 3학년 여름에 비인가시설에서 진여원으로 옮겼습니다. 성인이 되는 고등학교 졸업까지 7개월이란 짧은 기간을 머물렀지만, 제게 미친 영향력은 컸습니다. 노후한 시설의 아쉬움은 뒤로해도 아이들 간에 폭력행위가 없었습니다. 원한다면 핸드폰을 가질 수 있었으며, 식사와 간식도 다양하게 편히 먹을 수 있었습니다.

디지털 배움터라 하여 일정 시간 컴퓨터를 자유로이 활용할 수 있었고, 아동을 위한 프로그램도 다양했습니다. 무엇보다 예초기를 들고 제초 작업을 하면 넉넉한 품삯과 같은 용돈이 주어졌습니다. 그리고 이러한 용돈은 자유롭게 사용할 수 있었습니다. 비인가시설에서는 상상도 못 한 일입니다.

포기는 배추를 셀 때나 하는 말

모든 것이 새로웠고 낯설었습니다. 비인가시설에서는 폭력과 폭언, 고된 노동과 억압된 자유로 저 하늘을 자유로이 쏘다니는 새가 되고 싶을 정도로 갑갑했었습니다. 그러니 진여원에서 마주한 삶은 신선한 충격이었습니다. 감옥에서 출소한 기분이었습니다. 또 낯설었던 것은 비인가시설은 기독교를 표방하는 곳이었는데, 이곳은 절이어서 불교를 믿어야 하는 점이 사뭇 달랐습니다. 세뇌당하지 않았다고 생각했는데, 불교를 어느샌가 '나쁜 이단'인 것처럼 인식하고 있던 제 모습에 놀랐습니다.

진여원에서 3학년 2학기를 마치고 졸업이 다가왔습니다. 성인으로 자립할 준비를 위해 부족한 시간이지만, 사회에 아는 친구와 지인에게 연락하며 급히 준비했습니다. 지금처럼 고등학교를 졸업하고도 몇 년간 사회로 나갈 준비를 할 시간이 주어졌다면 얼마나 좋았을까요. 좀 더 오랫동안 그곳에서 머물며 마음을 정돈하고 미래를 대비했다면 더 자립을 잘 준비했겠습니다. 그러하지 못함이, 진즉 1년이라도 더 빨리 충주시청을 찾아 고하여 비인가시설에서 진여원으로 거처를 옮기지 못하였음이 아쉬웠습니다.

졸업하고는 두 차례 진여원을 찾았습니다. 과자를 들고 가기도 하였고, 수박을 사 들고 방문키도 하였습니다. 지금은 정부에서 지원하는 정책도 과거보다 더 많아졌고, 자립정착금도 높아졌습니다. 자립 수당이 존재하고 아이 중 원하면 학원도 다닐 수 있다고 하니 격세지감을 느낍니다. 진여원이 늘 그곳에 있고 같은 모습으로 있음이 좋습니다. 멋진 적송을 보다 비가 내리면 감상에 젖기도 좋았던, 짧은 연이지만 참 의미 깊은 공간입니다.

포기는 배추를 셀 때나 하는 말

동생아 행복하길

다섯 살 어린 동생이 있습니다. 2000년생이니 주민등록번호 뒷자리가 시작하는 숫자도 다른 새천년의 아이입니다. 나이 차이가 크기에 티격태격 하거나 다투는 일이 없었습니다. 못되고 고집불통인 형의 말을 따르고 눈 치를 본 탓이겠지요. 마음고생이 정말 심했을 것 같습니다.

지금은 유일하게 남은 혈육과 어린 시절 참 많이도 놀러 다녔습니다. 어 머니가 살아계실 때는 수락산 계곡 자락에서 피서를 즐겼고, 동네 뒷산도 종종 올랐습니다. 자전거를 타고 다니며 옆 동네까지 쏘다녔습니다. 그렇 게 놀던 어느 날 착하디착한 동생이 울며 힘들다고 한 기억이 납니다. 겨울

철에 자전거를 타고 다녔는데, 집으로 돌아가는 길이었습니다. 자전거를 타고 20분은 더 가야 하지만 눈보라가 치고 매서운 칼바람이 불었습니다. 날씨가 좋지 않으니 얼른 집에 귀가해야겠다는 생각뿐이었는데, 뒤에서 동생의 울음이 터졌습니다. 보아하니 언덕길에 자전거를 끌다가 힘에 부치고 추위에 벌벌 떨어 버틸 수가 없던 모양이었습니다. 손등이 갈색으로 변하고 딱딱하게 굳었으며, 입술과 안색은 보랏빛으로 파리했습니다.

눈보라를 피하고자 근처 다세대주택의 현관에 들어가 계단에 앉았습니다. 두 손을 꼭 잡고 서로 기대어 체온으로 잠시간 휴식을 취했습니다. 얼마나 기다렸을까 서서히 안색이 돌아오며 숨을 골랐고, 밖의 바람도 조금 멎었습니다. 다시금 동생에게 집에 가자고 권하여 자전거를 마저 타고 귀가했던 기억이 납니다.

이 외에도 여러 가지 추억과 기억이 있습니다만, 동생에게 참 못 할 짓도 많이 하였습니다. 못난 모습도 종종 보였습니다. 자전거를 처음 가리킬 때, 자전거는 멈춘 상태에서 기어가 돌아가지 않는 데에 잘 모르고 "왜 그걸 돌리지 못하냐?"며 혼내어 동생이 울었던 기억이 떠오릅니다. 형으로서는 참 낙제점을 받을 몹쓸 과거만 떠오릅니다. 철이 들어 잘 보살피고 배려해야 했는데, 저도 모르게 쌓인 스트레스를 동생에게 전가했나 봅니다.

비인가시설에 입소하고서는 동생을 보호하기 위해 노력했습니다. 그러나 종종 제 눈을 피해 동생보다 나이가 많은 애들이 아이를 때리고 욕하며

포기는 배추를 셀 때나 하는 말

부당한 지시를 하는 등 괴롭힘을 자행했습니다. 그때마다 철저하게 응징한다고 하더라도 제 앞가림하기에 바쁜 상황이었습니다. 지옥같이 처절한 상황을 개선할 힘이 없었기에 동생은 많이도 힘들어했습니다.

저와 동갑내기인 놈이 제가 보는 앞에서 동생에게 우유를 던지고 쌍욕을 할 때는 눈이 돌아 크게 싸웠습니다. 보는 앞에서 이럴 정도이니 보이지 않는 곳에선 얼마나 많은 폭력과 괴롭힘을 당했겠습니까? 이런 지옥 같은 삶이 한계에 다다랐을 때 저는 충주시청을 찾았습니다. 그리고 함께 이관된 덕택에 저보단 5년 더 인가시설에서 거주한 동생은 건강도 여건도 아주 좋아져 사람답게 살았습니다.

덕분에 사회 보장제도가 더 갖춰진 다음에야 시설을 나온 동생은 6년간 LH 임대주택을 통해 주거를 보장받았습니다. 자립 수당과 기초생활수급 제도로 당장 굶어 죽지 않고 공부와 미래를 준비할 여건을 꾸렸습니다. 전문대학교에 재학하며 기술을 배운 동생은 용인에서 근로하며 앞길을 향해 걷습니다. 넉넉하지 못해 자주 찾지 못하고 연락하지 못하였음이 아쉽습니다. 지금도 그 때문인지 어색한 면이 없잖아 있으나, 가까이 사는 만큼 형제애를 통해 응원하고 격려하는 형이 되어 보고자 합니다.

2장

흙수저란 신분을
벗어나다

낭랑 18세, 500만 원 들고 나가라고요?

2014년 2월, 그날은 생각보다 빨리 왔습니다. 앞서 기술한 자립 지원제도를 받지 못하는 시기였으므로, 딸랑 자립정착금 500만 원을 들고 나갔습니다. 사회로 방출된 날을 떠올려 보면 지금도 덜컥 겁이 납니다. 고등학교를 2월 11일에 졸업했는데, 그달 28일 자로 시설을 퇴소하였으니 말입니다. 약 2주라는 짧은 기간에 채비하여 보금자리를 나가야 했습니다. 그렇게 퇴소하는 날에 자전거를 빌려 타고 버스 정류장으로 나가 버스를 타고 사회로 향했습니다.

어떻게 어디에 가서 일자리를 구하고, 월세 계약을 체결하여 머물 수 있겠습니까? 요리나 식사를 챙겨 먹는 방법을 몰랐습니다. 은행의 계좌를 개설하고 운용하는 것도 그렇습니다. 이 사회를 살아가는 데 필요한 모든 상식이 부족했습니다.

지금이야 보건복지부와 아동권리보장원, 바람개비 서포터즈 등 각계의 노력이 있습니다. 여러 보호종료아동을 모아 지원 혜택과 자립 선배와의 멘토링 등 다양한 방안을 시행 중입니다. 또한, 여러 사업을 통해 법률과 부동산 계약, 생활 서비스 등을 챙겨 주고 있기에 참 다행이라는 생각이 듭니다.

아동양육시설에서 거주하다가 18세가 되어 나와 자립하는 청년에게 주는 혜택은 과거보다 조금 더 많아졌습니다. 우선 자립정착금이 크게 올랐습니다. 저야 충청북도에서 500만 원을 주었습니다만, 2024년 기준 서울시는 자립정착금을 2,000만 원으로 확대하였습니다. 또한, 자립 수당이라 하여 5년간 월마다 50만 원을 정기적으로 주는 수당이 있습니다. 그리고 소득이 없는 경우 기초생활수급자로 등록해 주어 수급비를 수령 할 수도 있습니다. 주거도 지원하여 토지주택공사(LH)와 연계하여 6년 정도 거주할 수 있는 임대주택을 마련해줍니다. 정부 매칭 통장으로 자립정착금 외에 목돈을 형성하므로 자립 때 소중히 활용할 수 있습니다. 이 외 심리 정서와 생활 안정, 맞춤 진로와 지지체계 등 여러 지원책이 마련되었습니다.

이처럼 돈과 지원 체계가 개선되었다 하더라도 18세에 덜컥 사회에 나가 자리를 잡으라면 겁이 날 법합니다. 그래서 지금은 연장 보호아동 제도라 하여, 보호 종료 시기를 18세가 아니라 만 24세까지 연장할 수 있도록 해 주었습니다. 24세의 나이라면 대학도 다니고, 성인으로 일도 해 보며 사회에 나갈 충분한 준비를 할 수 있겠습니다. 앞으로도 보호종료아동과 자립 준비청년에게 많은 관심을 두면 좋겠습니다. 그리하여 저출생과 고령화 시기에 소중한 아동과 청년들이 사회로 잘 나아가도록 북돋아 주길 바랍니다.

포기는 배추를 셀 때나 하는 말

건강보험자격득실확인서			
가 입 자	성 명	주 민 등 록 번 호	
	양천형	950524-1******	
자 격 득 실 확 인 내 역			
NO	가 입 자 구 분	사 업 장 명 칭	자 격 취 득 일	자 격 상 실 일
1				
2				
3				
4				
5				
6				
7				
8				
9				
10	직장가입자	백령면사무소-기초연금 보조인력	2014-06-27	2014-08-27

시설을 퇴소하고 어디로 향할지를 고민하다 백령도를 택했습니다. 뜬금없이 백령도라니 '응?'하고 의문을 가질 법도 합니다. 인연도 인연이지만, 지도를 펼쳤을 때 서해 최북단에 있는 저 미지의 세상을 보고 싶었습니다. 우물 안 개구리처럼 시설과 충주 안에서만 수년을 살았으니, 훌쩍 멀리 떠나 보려는 마음이 들었습니다.

백령도는 동인천 항에서 배를 타고 접근할 수 있습니다. 인천항에서 북서쪽으로 178km 떨어진 북한과 가장 가깝게 자리 잡은 서해 최북단 섬입니다. 북한의 장여군에서 약 10km, 장산곶이 15km 떨어져 있는데, 백령도의 언덕에 올라 바라보면 코앞에 보입니다.

수 시간의 배를 타서 백령도에 도착했습니다. 먼저 월세방을 구한 뒤 전입신고 겸 일이 있어 키보드를 들고 백령면사무소에 들렀습니다. 그런데 거기에 있던 직원이 제 모습을 보고 "컴퓨터 잘하세요?"라며 말을 걸었습니다. 그렇다고 대답하니 "여기서 일해 볼 생각이 없으세요?"라고 물었고, 마땅한 일자리가 없던 전 그러겠다고 답했습니다. 졸지에 계약직이지만 취업을 하였습니다.

그때는 기초연금이 태동하던 시기였습니다. 많은 사람을 행정 시스템 데이터베이스(DB)에 등록하기 위해 노인분들의 명단 구축이 필요했습니다. 백령도는 보기에 노인의 비중이 높으나 인구가 적은 섬입니다. 노령연금을 신청하는 이는 하루에 수 명 정도에 불과하여 일이 적으니 만족스러웠습니다.

지금이야 네이버 지도에 백령도를 검색하면 음식점도 많고 카페도 보입니다. 그런데 2014년 당시에는 카페는 거의 없었고 다방이 주를 차지했습니다. 대형마트도 없어 널찍한 편의점이 가맹점 가격을 받았기에 저렴한 축에 속했습니다. 또한, 편의점에서 과채류까지 다루었기에 장사가 잘되었습니다. 의료시설은 백령의료원 하나만 있습니다.

무난했던 옹진군청 백령면사무소의 생활에 점차 먹구름이 몰려왔습니다. 노인 비중이 높고 인구가 적었던 섬 특성상 젊은 남자 인력은 활용도가 매우 높았습니다. 그렇기에 복지과에 앉아 노트북만 하는 제 모습이 시설 쪽 업무를 담당하는 공무원들에게 눈엣가시로 여겨졌나 봅니다. 처음에는 가구를 나르는 것을 부탁하는 모양새였으나, 시설 관리와 행사 준비, 물자 분류 등 점차 갖가지 고된 일을 시키곤 하였습니다.

화룡점정(畫龍點睛)은 태풍이 치는 날 방파제를 쌓으라며, 비바람이 몰

　　　　　　　　　　　　포기는 배추를 셀 때나 하는 말

아치는 해변에 내보내진 일입니다. 폭풍이 치는 바닷가에서 굴착기가 푼 모래를 큰 마대에 담았습니다. 모래에 세수하고 입에 들어가 씹히는 와중에 무거운 마대를 어떻게든 끌고 세워 방파제를 쌓았습니다.

유독 기억에 남는 악습도 있습니다. 동료들과 같이 점심을 먹으러 식당을 찾았고, 좌식 탁자에 여러 명이 앉았습니다. 그런데 식사뿐만 아니라 술을 시키고 마시기 시작하는 것입니다. 알코올 중독으로 어머니가 어떻게 행동하고 돌아가셨는지 트라우마가 있던 전 남자 공무원이 강권하는 소주를 한사코 거절했습니다. 그러다 "마시진 않고 받기만 하겠다."라고 바르게 말하였습니다. 그런데 남자 공무원이 순간 눈이 돌아 제게 소주잔을 던지며 "존나 쿨하네! 씨X 새끼."라 폭언하고 화를 냅니다. 순식간에 싸해진 분위기에 복지과 직원 몇이 상황을 챙기고 저를 집으로 돌려보냈습니다.

밤새 그 일을 곱씹어 잠자리를 뒤척이며 사과를 받아야겠다고 생각하며 잠을 청했습니다. 그런데 다음날 출근한 제게 복지과 직원 몇이 와서 "화를 낸 그 남자 공무원에게 찾아가 사과하라."라는 것입니다. 논지는 '사회생활을 잘하려면 그것이 알맞다.'라는 겁니다. 급수가 더 높은 공무원이 복지과의 주무관을 압박하였거나, 혹은 알아서 눈치를 보았겠습니다.

사과하고 오라는 것이 알맞은 논지인지를 엄중하게 따지고 부당한 일에 사과할 수 없다고 선언했습니다. 그리고 그날로 사직했습니다. 부당한 일과 술 강권, 신분 차이에 의한 압박까지 못 볼 꼴을 참 많이도 봤던 옹진군 백령면사무소 생활입니다.

임금체불과 절대적 빈곤을 겪다

아르바이트하며 임금체불로 노동청에 진정을 넣은 이야기를 듭니다. 한 고등학교 친구가 있습니다. 성격이 시원시원하여 어울리는 무리가 있었고, 저 또한 그곳에 속하였습니다. 부당한 섬 인심에 못 이겨 도망치듯 오래 거주한 충주로 나왔습니다. 친구를 만나 고민을 터놓으니, 당분간 자기 집에서 같이 지내자며 넉넉히 인심을 써 주었습니다. 덕분에 충주에서 주거가 잠시 해결되어 아르바이트를 찾아 나섰습니다.

먼저 일하게 된 곳은 핸드폰 케이스와 액세서리를 파는 작은 매장입니다. 충주 시장 근처에 있고, 사장은 각기 핸드폰과 액세서리 가게를 내어 운영했습니다. 제게 액세서리 판매와 더불어 핸드폰 기종을 보고, 좀 오래되었다거나 교체 생각이 있는 사람을 핸드폰 가게로 연결하는 역할을 줬습니다.

제법 열심히 일했습니다. 적극적으로 판매에 나섰습니다. 저렴한 상품도 있으나 상황을 보아 더 좋은 제품을 소개하며 판매 수입을 높였습니다. 또한, 방문객들의 핸드폰 필름을 갈아 주었기에 머잖아 탈부착의 달인이 되

포기는 배추를 셀 때나 하는 말

었습니다. 웃으며 일하였기에 아웃소싱하는 어느 사장님이 밝은 사람이 드물다며 명함을 건넸습니다. 같이 일하고 싶다는 제의였습니다. 눈 오는 날에는 눈을 쓸어내고, 판촉 상품이 있으면 밖으로 진열했다가 거두어들이는 등 노력을 다했습니다.

그렇게 아르바이트를 계속하던 중에 친구는 겨울날 군대에 입대했습니다. 저도 눈치껏 수 개월간 신세를 졌으니 나서야 할 시점임을 체감했습니다. 그리하여 일을 그만두었고 월중 일한 대가를 받았는데 의문이 들었습니다. 급여가 생각보다 적게 들어온 것입니다. 이상하여 네이버에 최저임금 계산기를 검색하여 일한 시간을 입력해 보았는데, 분명 현저한 금액의 차이가 있었습니다. 바로 초과근무수당과 주휴수당을 받지 못했던 것입니다.

거기에 아르바이트를 그만두기 전에 "핸드폰을 바꿔 봐, 정들었으니 좋은 가격에 해 주고, 현금을 환급(되돌려 주는 것)하여 입금해 줄게."라는 약속을 받아 변경했습니다. 일을 그만두고 시간이 흘러도 환급 입금은 들어오지 않으니, 뒤통수를 맞았습니다.

받을 방법을 찾아보다 임금체불에 대한 진정제도가 있음을 알고 상담을 요청했습니다. 곧 노동청에서 내용을 확인한 후 서로에게 출석을 통보하였고 사장과 마주했습니다. 악덕 사장은 노발대발하며, "잘해 주었는데 어떻게 이러느냐?"부터, "이 바닥 좁으니 조심하라."라며 협박을 가했습니다. 그러나 근로계약서도 작성하지 않은 상태에 최저시급을 위반하여 지급함이 명백함에 조정관은 제 손을 들어 주었습니다. 아울러 일을 더 키우지 않는 조건으로 환급받기로 한 금액까지 돌려받았습니다.

충주에 있던 친구 집에서 나와 청주로 향하는 시외버스를 타고 오후에 도착했습니다. 일련의 노동청 신고 과정을 겪고 보니 충주를 떠나고 싶었습니다. 멀리 떠나 볼지를 고민했으나 결국 가까운 도시로 발걸음이 향했습니다. 돈이 부족하기에 시외버스 가격도 부담이기도 했고, 부동산 원룸

포기는 배추를 셀 때나 하는 말

가격을 검색했을 때 청주는 매우 저렴한 축에 속했습니다.

청주는 공군사관학교, 청주대학교, 청주교육대학교, 충북불교대학교, 기독교음악통신대학교, 순복음총회신학교, 성결교회청주신학교, 충북대학교, 서원대학교 등 대학이 많습니다. 그렇기에 대학가 위주로 원룸 공급이 많아 보증금과 월세가 매우 저렴했기에 사회초년생이 정착하기에 안성맞춤이었습니다.

무작정 부동산을 찾아 원룸을 소개받았습니다. 충북대학교 정문 근처인 복대2동에 있는 '강산애'라는 1층 원룸이 보증금 100만 원에 월세 30만 원인 방이라 마음에 들었습니다. 부동산 중개인에게 월세를 조금 낮춰 줄 것을 간청하여, 1만 원을 뺀 월 29만 원으로 합의하고 그날 입주했습니다. 근처 다이소에서 이부자리가 될 만한 것과 청소도구, 기본적인 식기류를 구매하고 배치했습니다. 청소를 마치고 바닥에 누워 잠자리에 들었는데, 참 설레기도 하며 서글픈 현실에 울적했던 기억이 납니다. 이것이 백령도에 이은 두 번째 월세 계약입니다.

가진 돈을 보증금과 월세 그리고 생활 도구를 구매하는 데 거의 다 썼기 때문에 급히 일자리를 찾아야 했습니다. 어떤 경력도 없는 고졸 출신이라 빠르게 일터를 잡는 방법은 아르바이트였습니다. 처음에는 피시방 야간 아르바이트를 구했습니다. 지금이야 피시방에서 요리하여 제공하는 다재다능한 서비스를 요구하지만, 그때는 과도기였습니다. 단순 청소와 관리만 하면 되는 예스러운 모습의 피시방이었습니다. 동네 사람들만 간간이 오는 오래된 곳이었습니다.

그야말로 시간을 제공하고 최저시급을 버는 시기인 셈입니다. 정해진 시간에 청소하고 자리를 정돈하면 크게 할 일이 없었습니다. 피로함에 잠시 눈을 붙이기도 하였고, 계산대에 있는 컴퓨터로 'K팝스타 시즌4'를 보곤 했습니다. 유달리 또렷하게 기억나는 노래는 정승환과 박윤하 씨가 부른 〈슬픔 속에 그댈 지워야만 해〉입니다. 비참하고 어려운 현실과 슬픈 노래가 상황에 맞아 감명 깊어 자주 들었습니다. 또, 명절이라고 피시방 주인이 건네준 파리바게뜨 롤케이크도 2일에 걸쳐 나누어 먹었던 기억이 납니다. 참 빈곤했던 시기였습니다.

포기는 배추를 셀 때나 하는 말

경제적인 어려움이 심각했습니다. 2015년 최저임금이 1시간당 5,580원이었습니다. 209시간으로 환산한 월급은 세전 1,166,200원이며, 세후로 따지면 간신히 1,000,000원을 손에 쥘 정도였습니다. 이걸로 월세 29만 원과 별개로 청구되는 관리비, 공과금 그리고 식비와 생활 도구를 사고 나면 남는 것이 없었습니다. 평소에는 편의점 폐기 음식을 찾거나, 삼각김밥이나 라면, 도시락을 사 먹었습니다. 매 끼니를 그렇게 먹다 보니 지금도 편의점 전자레인지로 가열하는 음식을 잘 먹지 못할 정도로 작은 트라우마가 생겼습니다.

정 힘들 때는 2마리 치킨을 사서 네 번의 끼니로 나누어 먹었습니다. 한식이 먹고 싶으면 월세방 근처 '맛 좋은 집'이라는 식당에 가서 5,000원에 김치찌개 백반을 먹었습니다. 월급날에는 12,000원인 오삼불고기로 기분을 냈습니다. 자주 방문하니 식당 아주머니가 김치찌개에 반찬을 가끔 오삼불고기로 주고, 양껏 먹으라며 밥을 더 주신 추억이 생각납니다. 나중에 인사를 드리고 싶어 한 번 방문했는데 문을 닫은 상태였고, 지금은 가게가 사라졌습니다. 기회가 닿는다면 감사의 말을 전하고 싶습니다.

이렇게 피시방 야간 아르바이트로는 현상 유지에 급급하고 미래를 도모할 수 없었기에 투잡(Two Jobs)을 뛰었습니다. 청주 현대백화점 지하 1층에 있는 '공차'였는데요. 2015년 당시 공차라는 브랜드가 초창기로 널리 알려지기 시작한 때였습니다. 면접을 보러 가서 밀크티 한 잔을 받아 앞 사거리 건널목에서 마셔 보았는데, 그 타피오카 펄과 달콤한 음료의 맛이 감미롭고 신기했습니다. 다행히 면접에 붙어 오전이나 낮 시간대 일정표에 따라 근무하게 되었습니다. 공차에서 아르바이트하며 점장, 매니저, 같이 일하는 누나나 동료와 종종 저녁 식사를 같이했습니다. 술을 거기에서 거의 처음 배웠습니다. 해산물도 먹지 못하여 낯설었었는데 곧잘 먹게 되었으며, 노래방도 자주 가 재미있게 놀며 정이 들었습니다.

16시간씩 일하는 투잡을 3개월 정도 실천했습니다. 급여는 세후 200만 원 정도가 되어 어느 정도의 금액을 저축했지만, 문제는 몸이 따라주지 못했습니다. 만성피로와 힘이 달림에 몸 상태가 급격히 나빠졌습니다. 덜컥 이대로 가면 죽겠다는 생각이 들었습니다. 그리하여 정든 공차 아르바이트가 더 마음에 들었으므로, 야간 피시방 아르바이트를 그만두었습니다. 그리고 미래를 준비하기 시작합니다.

포기는 배추를 셀 때나 하는 말

군 입대, 크샤트리아를 꿈꾸다

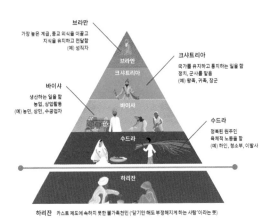

브라만
가장 높은 계급, 종교 의식을 이끌고
지식을 유지하고 전달함
(예) 성직자

크샤트리아
국가를 유지하고 통치하는 일을 함
정치, 군사를 맡음
(예) 왕족, 귀족, 장군

바이샤
생산하는 일을 함
농업, 상업활동
(예) 농민, 상민, 수공업자

수드라
정복된 원주민
육체적 노동을 함
(예) 하인, 청소부, 이발사

하리잔 카스트 제도에 속하지 못한 불가촉천민 ('닿기만 해도 부정해지게 하는 사람'이라는 뜻)

 힌두교에는 카스트라고 불리는 신분제도가 있습니다. 1단계부터 5단계로 나뉘어있는데, 여기서 크샤트리아, 한자로 찰제리(刹帝利)는 두 번째 계급을 부르는 명칭입니다. 크샤트리아는 전통적으로 인도 사회의 정치와 무력을 담당하는 위치입니다. 그렇기에 과거에는 왕족, 관료, 무사 계급이 속했습니다. 가장 높은 계급인 브라만은 성직자로서 정치에 관여하지 않았으니, 실질적으로 인도 사회를 이끌어가는 계급인 셈입니다.

중학생과 고등학생 시절 생활기록부를 보면 장래 희망 직업이 거의 군인이었습니다. 아무래도 위인전, 삼국지, 세계사, 전쟁사에 관한 책을 주로 읽어 가며 관심을 두었기 때문이겠습니다. 이러한 장래 희망에 관한 생각은 성인이 되어서도 이어졌고, 2015년 10월에 날아온 입영통지서로 군인이란 꿈을 결심하였습니다.

아동양육시설에서 5년 이상 거주한 이력이 있는 경우 제2국민역에 속합니다. 사실상 거의 면제에 가까운 처분입니다. 또는 어릴 적 고아가 되어도 이에 해당합니다만, 저는 이런 두 가지 사항을 모두 충족하지 못했습니다. 아동양육시설에서는 약 4년 9개월을 거주하여 3개월이 모자랐고, 부모님은 어머니께서 14세경에 돌아가셨기에 그렇습니다.

아르바이트하며 겨우 입에 풀칠이나 하던 시절은 입대 준비로 작별을 고할 때가 다가왔습니다. 9월 추석까지 일하기로 의사를 전달하였고, 추석에는 연락이 끊겼던 친인척들을 만났습니다. 느낀 바로는 사실 친척에게 환대받는 분위기는 아니었습니다. 아버지가 먼저 돌아가시고 어머니는 새아빠를 맞이했었던 과거 때문입니다.

어머니는 삶이 고되어 제게 있어 외가인 집안과도 교류를 거의 하지 않았습니다. 이러한 배경으로 어머니께서 돌아가셨을 때 친가 쪽은 한 명도 조문하러 오지 않았고, 외가에서는 납골 하나를 마련해주지 않았습니다. 이로 자연스레 친가와의 교류는 끊어졌었습니다.

포기는 배추를 셀 때나 하는 말

모두가 경제적으로 어려웠던 상황이라고는 하나, 전 아직도 이것이 작은 한이 되어 마음에 머물고 있습니다. 당시 "매장은 얼마이고, 납골은 월마다 돈이 든다."며 쑥덕거리는 친인척들의 말을 들었었기에 더욱 그렇습니다. 반대로 제가 조카가 있고 불행으로 부모님을 모두 잃었다고 생각해 봤습니다. 키워주지는 못하더라도 그 삼촌이나 숙모의 매장 내지는 납골이 되도록 신경 써 주었으리란 생각이 듭니다. 더욱이 비인가시설에서 지옥 같은 삶을 살고 있을 때도 찾아온 이가 없었습니다. 그래서 친인척에게 연락을 시도하려는 마음이 들지 않았었습니다.

　그러나 입대를 앞두어 아쉬운 사람은 나요, 타향살이로 입에 풀칠하며 핏줄이란 정이 고팠던 것도 나였습니다. 그리하여 만난 친인척께 입대가 예정임을 알리고, 가지고 있는 짐이나 소정의 유품을 맡아 주실 것을 간청했습니다. 짐을 맡아 주신 덕분에 몸을 가뿐하게 만들어 군에 잘 입대했습니다. 차후 유품은 화재가 발생하여 모두 소실하였는데 하늘의 뜻이라 생각하고 있습니다.

　그렇게 용인에 있는 55사단 신병교육대에 2015년 10월 13일 자로 입대했습니다. 훈련 일수가 부족하면 수료하지 못할 수도 있다는 말에 전력을 다해 교육 훈련에 힘썼습니다. 훈련소에는 의례 감기 같은 역병이 돕니다. 저 역시 몸살감기에 걸렸습니다. 그러나 훈련에 모두 참여하기 위해 아픈 티를 내지 않고 묵묵히 임했습니다. 아픈 상황에 무리하다 보니 크게 병이 터져 의무대에 며칠 입실하기도 했습니다. 훈련 부사관 교관님의 "아프면 아프다고 반드시 말하라."라는 걱정 섞인 꾸중은 덤이었습니다.

전력을 다해 노력한 덕분인지 훈련 소감을 써서 제출하였는데 선정되었습니다. 그렇게 수료식 날, 단상에 올라 사단장님을 비롯한 주요 인원과 훈련 동기들, 그리고 부모님들 앞에서 소회를 발표하는 시간이 주어졌습니다. 잠시나마 촌놈이 출세한 순간이었습니다.

훈련소를 마치고 171연대로 자대를 배치받고, 이등병과 일병 생활을 시작했습니다. 그러면서도 주말 개인 정비시간뿐만 아니라, 야간에 연등을 신청하여 부사관 시험을 준비했습니다. 직업군인은 대학처럼 여러 과로 직무가 분류됩니다. 보병, 포병, 정보, 통신, 수송, 기갑, 인사, 재정, 공보정훈, 보급 등입니다. 행정직렬의 참모 역할을 하는 부사관이 되고 싶었습니다. 그러려면 선발 공고에 나온 여석이 1자리 밖에 없는 재정병과 임관을 위하여 고득점이 필요했습니다. 꾸준히 필기를 공부하고 체력을 조금이라도 높였고, 덕분에 무사히 현역 부사관 시험을 치렀습니다. 면접 때 엑셀을 잘하냐는 질문에 "웬만한 것들은 다 다룰 수 있다."라고 너스레를 떨어 겨울철 쌀쌀한 날씨에 따뜻한 최종 합격 소식을 받았습니다. 행정보급관님이 축하한다며 시내로 데리고 나가 돈가스를 사 주신 기억이 또렷합니다. 이렇게 병 생활을 마치고 부사관 후보생으로 사는 생활을 시작했습니다.

2016년 5월, 육군 부사관 후보생으로 전라북도 익산시 여산면에 있는 육군부사관학교에 입교했습니다. 그곳에서 초급간부 양성 과정을 16주간 거칩니다. 병 생활로 입대했다가 부사관 후보생으로 부사관 학교 정문에 들어서면 다시 입대하는 기분이 듭니다. 경례 구호는 "충성! 정통해야 따른다."입니다. 말 그대로 그 분야에 최고가 되어야 병사들이 따른다는 의미입니다. 다른 뜻으로는 한문 글자인 정통(精通) 그대로 '정성이 통해야 따른다.'라는 뜻도 있습니다. 모쪼록 부사관이 되기 위한 난도 높은 훈련을 진행하며, 이로 병사에서 간부의 자질과 정신을 갖추게 됩니다.

4개월간 아침 일찍 일어나 자정에 잠드는 생활을 반복했습니다. 구보와 운동 같은 체력 단련은 기본입니다. 종일 교육 훈련, 리더십, 독도법, 사격, 분대 공격과 방어, 제식, 화생방 등을 수행했습니다. 단순 체력 증진이 아닌 이상 교관화 평가라는 시험도 치렀습니다. '러닝 앤 티칭(Learning & Teaching)'으로 발성법과 교수법을 바탕으로 가르치는 방법에 숙달하는 식이었습니다.

이 양성 과정에서 핸드폰, 담배, 마트(PX), 편의시설 등 많은 것을 사용할 수 없었습니다. 자판기 음료수나 개인 정비시간에 TV도 사용하지 못하게 통제되었습니다. 겨우내 아는 이들에게 공중전화로 통화하여 필요한 생필품을 택배로 받았습니다. 그러나 이러한 행동은 통제관들이 반가워하지 않으며, 물품 검사를 한 다음 전달하였기에 필수적인 것이 아니면 받기 어려웠습니다.

교육 기간에서 가장 힘들었던 것은 무더위였습니다. 5월에 입교하여 9월 자로 임관하였는데 한여름의 폭염을 그대로 맞이했습니다. 낮이고 밤이고 더위에 지칠 대로 지쳤습니다. 생활관에 에어컨이 없어 낮엔 36도까지 치솟는 온도를 견뎠습니다. 밤에도 열대야로 푹푹 찌는 악조건에 냉수 샤워와 찬물 세수로 겨우내 버텨 냈습니다.

다음으로 난도가 높았던 것은 행군입니다. 10km 행군 2회, 20km 행군 2회, 40km 유격 복귀 야간 산악행군(심지어 나침반과 지도만 주어 완주군에서 익산시까지 알아서 넘어가야 하는)을 시행합니다. 행군은 부사관 양성 과정에 시간적 여유를 두고 체력을 끌어올리며 나누어 시행됩니다. 그러나 체중계까지 동원하여 제대로 된 무게를 짊어지고 제한된 시간 안에 통과해야 하는 급속 행군이 잦습니다. 개인 행군이면 본인만 잘하면 되지만, 팀인 분대 단위로 모두 통과해야 하는 성격이기에 난도가 높았습니다.

훈련 과정 중에 리더를 맡을 사람을 뽑기도 합니다. '중대장 후보생', '행정보급관 후보생', '소대장 후보생' 등입니다. 저는 여기서 '소대장 후보생'에 자원하였고, 동기들의 추천을 받아 선정되어 임무를 수행했습니다. 소대장 후보생으로 임무나 지시를 먼저 전달받고 정리하여 동기들에게 전파했습니다. 또한, 동기들에게 확인할 사항을 파악, 취합하여 보고하는 역할도 수행했습니다. 이처럼 주로 훈련 과정에 있어 앞서서 나서고 잘 마무리하는 등의 업무를 줍니다. 빠듯한 개인 정비시간은 더 줄어들었습니다. 준비하고 챙길 사항이 참 많았습니다. 어려운 환경이지만, 그 덕택에 솔선수

포기는 배추를 셀 때나 하는 말

범 바탕의 리더십을 학습했습니다. 또한, 어려운 환경에도 전우를 생각하거나, 악조건을 이겨내는 강인함을 함양할 수 있었습니다.

부사관학교 양성 과정을 거치면 최종 평가 과정으로 '임관 종합 평가'가 있습니다. 중요한 1개 과목이나 일반 2개 과목 이상에 탈락하면 부사관으로 임관할 수 없는 페널티입니다. 독기를 품고 매달렸습니다. 그리하여 2016년 9월 1일 자로 임관하였을 때 정말 뿌듯하고 성취감에 차올랐었습니다. 제대로 된 직업군인이자 발급받은 공무원증, 그간의 기억은 푸른 녹색을 띤 마음과 자부심을 만들어 주었습니다. 가장 건강하고 날렵할 때였기도 하여 가끔은 그때의 고생이 그리울 때가 있습니다.

나는야 재정병과 부사관

그렇게 재정병과 부사관으로 임관했습니다. 임관을 위한 양성 과정 훈련을 마쳤으니 근무지로 향해야 합니다. 본래 현역 부사관은 기존 부대로 돌아가는 것이 원칙입니다. 그런데 공석이었던 자리를 누군가 그새 앉았으며, 그러므로 5군단 6사단으로 배치될 것이라는 소식을 들었습니다. 안내를 받고 동송시외버스터미널로 향하는 버스에 몸을 실었습니다. 도심과 비교하면 황량하고 늦여름이건만 쌀쌀한 바람이 부는 철원에 도달하였고, 지도를 보니 휴전선이 얼마 멀지 않은 지역이었습니다.

부사관 숙소를 배정받았는데 90년도 초에 건설되어 30년이 된 컨테이너급 가설 건축물이었습니다. 패널에 가까운 간이로 지어진 듯한 건물의 모양새였습니다. 내부 바닥은 전기 패널이 있으나 보일러를 가동하여도 따뜻하지 못했습니다. 물을 틀면 녹물이 콸콸 쏟아졌습니다. 화장실 바닥은 이미 녹물로 물들여져 갈색빛을 띠었으며, 산에 위치하다 보니 벌레들이 유명무실한 방충망과 문을 넘어 많이들 들어왔습니다.

포기는 배추를 셀 때나 하는 말

일반적인 가정에서 큰 사회인이라면 기겁했을 법합니다. 그래도 저는 아동양육시설, 낡은 빌라, 재건축을 앞둔 임대아파트, 고시원급 방에서도 살았기에 그나마 몸을 뉘고 살기 시작했습니다. 씻고 샤워하는 것은 병사들이 사용하는 막사의 샤워장을 이용했습니다. 보일러가 자주 고장 났는데, 철원의 겨울을 홑이불 한 장으로 버텼습니다. 그러다 죽을 것 같다는 생각이 들면 부대 사무실로 출근하여 상자를 깔고 잤던 기억이 새록새록 납니다.

연대급에 배정되어 수행하는 업무는 주로 관서운영경비 담당입니다. 부대 살림살이를 위해 자금을 집행하고, 유관부서의 사용을 관리와 감독하는 것이 주 역할입니다. 이 외로 부대원들의 급여와 수당, 회계 세무적인 자문까지 겸했습니다. 전 군에 재정병과 부사관은 매우 적은 편이며, 그 탓에 사회에 정보가 거의 알려지지 않았습니다. 제가 임관했을 당시인 2016년에는 약 300명 정도에 불과했습니다. 희소함과 전문 직렬로서 관련 지식을 갖고 임무를 수행하는 참모 역할이라는 점이 만족스러웠습니다. 또 그토록 바라던 직업군인이 되었다는 성취감이 초심을 자부심과 사명감으로 똘똘 뭉치게 하였습니다. 그렇게 몇 개월간 기초 업무를 잘 학습한 후 종합행정학교에 교육을 받으러 향했습니다.

종합행정학교는 충북 영동군에 자리 잡고 있습니다. 시설을 건설한 지 그리 오랜 기간이 지나지 않았기에, 생활할 숙소와 식사 등은 우수한 수준이었습니다. 그곳에서 16명의 동기와 교육을 받으며 시험을 치러 등수를 매기게 됩니다. 동기들과 잘 생활하는 것도 중요하였지만, 능력을 인정받고 싶은 마음이 컸습니다. 개인 성향상 잘 모르는 것, 자신이 없는 것을 싫어하기에 제대로 익히려 노력했습니다. 밤늦게까지 홀로 공부하기도 하는 등 매 시험과 평가에 최선을 다해 임했습니다.

그런데 병이 터졌습니다. 원인 미상의 급성췌장염이 어느 정도의 간격을 두어 두 차례나 찾아왔습니다. 20세부터 쉴 틈 없이 일한 게 원인으로 추측됩니다. 또한, 입대하여 몇 달간 훈련을 진행했으며, 배치받은 부대에 야근이 잦아 긴 시간에 걸친 피로와 스트레스가 표출된 것 같습니다.

급성췌장염은 살면서 느껴본 고통 중에 큰 축을 차지할 정도였습니다. 심할 때는 말을 하기 어려웠습니다. 허리를 펴지 못하고 새우처럼 웅크려 겨우내 응급실에 전화를 걸어야 할 정도로 매우 아팠습니다. 또, 몸의 수치가 정상이 될 때까지 식사와 물을 마실 수 없습니다. 그렇게 7일 이상을 입원했습니다. 민간 병원에 입원했을 때는 병원비가 겁나, 국군병원으로 이송을 요청하여 치료를 받았으니 돌이켜 보면 참 안쓰러운 처지였습니다.

7일 넘게 교육 훈련에서 빠졌지만, 시험과 평가는 성공적으로 치렀습니다. 초급반을 2등으로 수료하고 상장과 메달을 받아 부대로 복귀했습니다. 성적평가를 봤을 때 1등을 한 이보다 더 우수한 점수였으나, 태도 점수에서 밀려 1등을 하지 못했습니다. 품고 있는 의문은 1등을 받은 동기는 수업 시간에 자주 조는 모습을 노출했습니다. 그리고 교육 훈련을 개시하기 전부

포기는 배추를 셀 때나 하는 말

터 의견 수렴이나 선출 과정 없이 리더 역할을 부여받았습니다. 그렇게 6대 4의 비율을 보이는 성적과 태도 점수에서 우수한 태도를 평가받아 선두에 올랐다는 점이 의문입니다. 어차피 1등은 정해져 있던 수순이였나 싶습니다.

상훈사항	수여일	상훈명	공적 내용
	20200625	국방부기장	6·25전쟁 70주년 기장
	20190902	중장급(군단장급)개인표창	예산회계 근무지도 유공
	20190524	대령급(연대장급)개인표창	민·관·군 체육대회 및 부대개방행사 지원 유공
	20181025	소장급(사단장급)개인표창	재정근무지도 유공
	20180605	대령급(연대장급)개인표창	동원훈련 유공
	20180309	대외기관개인표창	응급구조활동 유공
	20171222	소장급(사단장급)개인표창	대군신뢰도 증진 유공
	20171211	대령급(연대장급)개인표창	대침투 전술훈련 유공
	20170630	소장급(사단장급)개인표창	재정근무지도 유공

공식 상장은 2등이지만, 마음속으로는 1등이었습니다. 상장과 메달을 갖고 당당히 자대로 복귀했습니다. 그리고 건물 중앙 현관에 부대를 빛낸 인물로 액자가 걸렸습니다. 상장을 받고 돌아왔기에 부대원들의 시선은 '아무것도 모르는 초짜'에서 '한가락 하는 친구'로 바뀌었습니다. 다녀온 저를 보고 인사 행정관이 의미심장한 말을 한 것이 기억납니다. "상 받고 온 친구들은 능력이 있어서 장기 복무를 지원하지 않는다더라."라는 말입니다. 향후 이는 현실이 되었으니, 혜안이 있던 셈입니다.

알고 있는 지식이 확실하니 업무에 전문성을 갖고 일을 처리했습니다. 곧 전달하는 협조 요청이 규정상 정답이었고, 옳게 나아감이 확실하니 자신감과 열정에 바탕을 두었습니다. 상급 부대에서 정기적으로 재정지도 방문이라 하여 감사와 비슷한 성격으로 점검하는 제도가 있습니다. 다른 부대는 장부를 숨기거나 잘 꺼내놓지 않으며 방문 기간에 지연책을 씁니다.

저는 달리 행동했습니다. 상급 부대 방문 전에 정기적으로 자체 재정지도를 실행하여 관서운영경비의 사용과 결산하는 방법을 지도했습니다. 그리고 알맞지 않은 부분을 찾아 바로잡으라고 요청했습니다. 또한, 수당을 제대로 받지 못하는 이들을 찾아 등록해 줄 것을 상급 기관에 보고하였으며, 시간외근무수당 등을 부당하게 받았으면 회수 조치를 시행하여 철저하게 관리했습니다.

재정지도 방문을 오는 날이면, 미리 예하 부대와 연관 부서의 장부를 모두 보기 좋게 연차별로 진열해 두었습니다. 자신감과 열정이 바탕이 되었기에 가능했던 일이었습니다. 상급 부대 점검관들은 보고 감탄을 금치 못하였으며, 대체로 우수한 평가를 내려보냈습니다. 그리하여 복무하는 동안 사단장급 재정지도 우수부대, 군단장 표창 등을 여러 차례 받았습니다.

이렇게 열심히 한 결과 옆 사단이 장병들에게 제수당을 제대로 지급하지 않고 있다는 뉴스 기사가 나와도 두렵지 않았습니다. 시간외근무수당 등 부당수혜를 받는 사례가 많다는 보도자료라는 태풍에도 우리 부대라는 배는 무사했습니다. 이렇게 3년여를 하고 나니 대부분의 연대급 재정담당관

포기는 배추를 셀 때나 하는 말

의 업무에 통달하였고, 저는 이모저모 발전할 다른 기회를 찾아보기 시작

합니다.

아내와의 만남, 대학교에 가 볼까?

지금의 아내와는 2018년 초여름에 소개를 받았습니다. 비가 내리던 날에 건대 입구 근처 식당에서 만나기로 하였는데, 지금은 좀 나으나 그때까지 서울이란 미지의 세계였습니다. 가본 적 없는 곳이 너무나 많았습니다. 지하철을 타는 방법도 잘 몰랐습니다. 걸핏하면 정류장을 놓치거나 반대로 타곤 했는데요. 그날도 소개받는 사람을 처음 만난다는 생각에 조금 긴장했었는지 헤매다가 지각을 하고 말았습니다. 비가 오는 날에 급히 오느라 비도 맞고 땀도 난 상태였는데, 후술하기로는 아내가 그때 저를 보고 '물에 빠진 생쥐' 같았답니다.

아내와 소개해 준 친구와 같이 밥을 먹는데 얼마나 떨리던지요. 이것저것 아는 거 모르는 거 얼기설기 떠오르는 머릿속 생각을 정돈했는지, 아닌지 모르는 채 이야기를 만들었습니다. 그리고 소리를 내어 말이라는 형태로 전달했습니다. 다행스럽게 분위기는 잘 풀렸습니다. 식당 외 주점에도 가서 막걸리까지 마셨던 것을 보면 좋은 형태로 그날의 만남을 맺었습니다.

열심히 다음 만남을 신청하고 편지도 쓰며 열과 성을 다했습니다. 편지

포기는 배추를 셀 때나 하는 말

는 편지지뿐만 아니라 수첩으로 된 형태의 상품을 찾아 마음을 빼곡히 적었습니다. 어색함을 풀고 진도를 내기 위해 좋은 데이트 장소와 정보란 죄다 찾아봤습니다. 호감 단계에서 사귀자고 말하기에 좋을 상황이 필요했습니다. 그렇게 찾은 것이 '어둠 속의 대화'라는 전시 체험입니다. 칠흑같이 빛 한 줌 들어오지 않는 어둠에서 청각과 촉각으로 길을 찾고 체험하며 길을 따라가야 했습니다. 전혀 보이지 않으니 이동할 때는 어깨동무나 손을 잡고 움직입니다. 그렇게 아내와 처음으로 손을 잡고 어깨동무를 하였습니다. 설레고 재미있는 그리고 시각장애인의 애환을 느낄 수 있는 소중한 경험을 쌓았습니다. 그날이 2018년 7월 14일이었는데 고백까지 잘 되어 정식으로 사귀기로 한 날입니다.

이후 제가 근무하는 철원으로 아내가 버스를 타고 왔습니다. 백마고지역과 학 저수지, 고석정, 동송읍 등을 함께 구경했습니다. 근무지를 옮겼을 때 포천 일동면과 이동면으로도 찾아와 전방 지역을 함께 돌아다녔습니다. 반대로 저는 아내를 만나러 단국대학교를 자주 찾고 바래다주었습니다. 또, '포토로그(PhotoLog)'라는 앱을 설치하여 전국 지도를 색칠하거나 촬영한 지도를 채웠습니다. 그렇게 전국 방방곡곡을 여행하며 약 3년여를 교제하게 됩니다.

아내와 교제하며 업무에 매진했습니다. 연대급 업무에 통달한 후 처음으로 찾은 발전 기회는 사단급 제대의 계약 담당관 자리입니다. 연대급 재정

담당관은 하사에서 중사가 맡는 자리입니다. 사단급 계약 담당관은 중사에서 상사로 넘어가는데, 가점 내지는 우수한 평가를 받을 수 있는 핵심 직무입니다. 재정병과 부사관의 꽃이라고 하면 이해가 쉽겠습니다. 사단급 부대에서 단 한 명만이 그 자리를 맡습니다. 마침, 속해 있는 6사단 계약 담당관 자리가 곧 공석이 될 예정이었습니다. 사단에 자주 방문하여 얼굴을 비추고 친분을 쌓았습니다. 재정 참모님도 당시 "계약 담당관을 해 볼 생각 있느냐?"며 의중을 물었습니다. 그래서 "잘하겠다."라고 답하였으나, 결국 군단 예하 부대의 같은 기수의 여군에게 자리가 돌아갔습니다. 그렇게 추진하던 발전 방향이 좌초되었습니다. 되돌아보면 그땐 아쉽고 씁쓸했습니다. 그러나 계약 담당관이 되었다면, 대학 진학이나 사회 진출이란 또 다른 미래가 없을 수 있습니다. 돌이켜 보면 전화위복이자 단순한 선택의 차이에 불과했습니다.

사단급 계약 담당관 자리 입성이 좌초되어 건설적인 미래를 위한 방향을 고심했습니다. 일단 6사단 밑에서는 더 나은 경력을 쌓기가 어려웠습니다. 부대를 이동할 때가 된 셈입니다. 지금이야 부사관도 진급하면 자리를 이동하고 교류할 기회가 좀 더 많아졌습니다. 그러나 2020년 이전까지는 부사관은 보통 한 부대에서 수십 년간 자리를 지키는 것이 일반적이었습니다.

진로를 고민하던 중 대학 진학에 관심을 두었습니다. 아내와 데이트하고 나면 단국대학교 기숙사로 종종 바래다주었는데, 그곳에 다니는 대학생들

포기는 배추를 셀 때나 하는 말

과 으리으리한 건물들을 봅니다. 그리곤 '나도 대학에 다니고 싶다.'라는 생각이 들었습니다. 이를 아내에게 말해 보니 흔쾌히 진학에 도전해 보라며 응원해 주었습니다. 남자 친구와 교제하는 사실을 아는 장모님은 반농담 삼아 "대학에 다니지 않으면 결혼하지 못한다."라고 말씀하셨습니다. 그렇게 진학이란 뜻의 심지를 더욱 굳혔습니다.

　그렇게 대학 진학의 길을 선택하고자 마음먹었는데, 이 선택에는 3가지 큰 과제가 있었습니다. 그 과제는 '대학에 갈 수 있을까?', '대학에 다닐 수 있을까?', '대학이 가치가 있을까?'입니다. '대학에 어떻게 갈 것인가?'라는 물음에는 '특성화고 등을 졸업한 재직자 전형'을 찾았습니다. 특성화고등학교를 졸업하고 3년간의 재직경력이 있으면 지원할 수 있는 대학 입학 전형이었습니다.

　이로 서울권 대학과 수업 시간 학점, 운영하는 학과 등 정보를 노트에 빼곡히 찾아 적고 정리했습니다. 다음, 두 번째 과제인 '대학에 다닐 방법'을 개척해야 했습니다. 당시 연대장님이었던 한기성 대령님께 면담을 신청했습니다. 골자는 서울권역 대학에 다니고 싶은데, 철원은 비수도권이라 이동이 더욱 제한된다는 것입니다. 또 거리가 너무 멀어 다니는 것이 현실적으로 어려우니 포천에 있는 705 특공연대 선발 자리에 지원하겠음을 밝혔습니다. 다행하게도 연대장님께서 승인함과 백방으로 도움을 주셔서 포천으로 잘 이동하였습니다. 마지막 '대학이 가치가 있는가?'에 대한 물음은 스스로 판단할 문제였습니다.

705 특공연대로 전속되어 마주한 안다상 연대장님께 "잘하고, 잘 놀고, 잘 쉬겠다."라는 다짐과 대학 진학을 말씀드렸습니다. 위수지역을 좀 벗어남에도 연대장님은 흔쾌히 승인했습니다. 이 승인은 당시 보수적인 군대 문화에선 나오기 매우 어려운 판단이었을 겁니다. 승인이 있더라도 서울은 위수지역을 벗어나는 공간이었기 때문입니다. 그렇기에 교통사고나 각종 사고가 발생하면, 저뿐만 아니라 승인한 지휘관에게도 부담이 가는 일입니다.

그래서인지 주임원사를 비롯한 이들은 "굳이 좋은 대학 나온다고 장기복무에 도움 되지 않는다."라고 말했습니다. 그리고 "4년제 대학 졸업장이 필요하면 사이버대학교를 가는 것이 어떠냐?"고 권했습니다. 그러나 이왕이면 갈 수 있는 한 제일 좋고 마음에 드는 대학에 다니고 싶었습니다. 내 이력에 평생 남는다는 생각이 들어 중요하다고 판단했기 때문입니다. 그렇게 많이 배우자는 생각으로 숭실대학교 금융경제학과에 지원합니다.

포기는 배추를 셀 때나 하는 말

너 진짜 열심히 산다

　서울권역 대학에 다니는 부사관을 새어 보라면 거의 없을 것입니다. 저도 이러한 사례가 있는지를 찾아보았었는데 확인하지 못했습니다. 전 인생에 쭉 새로운 사례를 개척하고 발굴하는 신선함을 갖고 있나 봅니다. 사복을 입었지만, 머리는 바짝 깎았고 피부는 그을린 상태였습니다. 대학 면접들에 가면 말하지 않아도 군인임을 금세 알아보았습니다. 아주대학교, 국민대학교, 숭실대학교 등의 면접에 참여하여 성심성의껏 잘 답하였습니다. 아주대는 낙방하였고, 국민대학교는 추가 합격했습니다. 대학 중 숭실대학교 면접이 유달리 기억납니다. 최초 합격한 대학이기 때문이기도 하겠지만, 면접관으로 참여하신 박창수 학과장님과 추정하기로 입학사정관이 공감하고 응원해 주신 게 인상 깊습니다.

부사관으로 대학에 진학하려는 상황이 궁금들 하여 물어보신 여러 질문에 성심성의껏 답했습니다. 우려한 것보다 분위기가 좋았습니다. 숭실대학교 금융경제학과 학과장님께서 "주소지가 포천시 이동면이니 학교 왕복에만도 오랜 시간이 걸리네요.", "133학점을 채우려면 적어도 주 4일을 다녀야 하니 통학이 현실적으로 가능한가요?"라고 질문했습니다. 저는 "부대지휘관에게 대학 다니는 것을 승인받았으니, 무조건 다니겠다."라고 강조하였습니다. 그때 입학사정관이 "요즘 구리−포천 고속도로도 뚫려서 1시간이면 다닌다더라."라며 제 편을 들어 주기 시작했습니다. 면접의 흐름과 공기가 바뀌는 순간이었습니다. 그렇게 면접을 마치고 계속 일하다 머잖아 도착한 메시지는 최초 합격이었고, 정말 기뻐했던 것으로 기억합니다.

주경야독이란 메시지는 단순하지만 직접 경험해 본 바로는 절대 쉽지 않은 과업입니다. 월, 수, 목, 토 주 4일을 통학했습니다. 이를 위해 평소 모

포기는 배추를 셀 때나 하는 말

든 업무량을 야근하지 않고 처리해 내야 했습니다. 부득이 훈련 등이 있을 때는 결석으로 인한 불이익을 감당했습니다. 퇴근길 러시아워로 왕복 4시간을 오가니 점점 쌓아둔 체력이 고갈되었습니다. 학기 중 코피와 만성피로에 시달리며 한의원에 신세를 졌습니다.

늦바람이 무섭다는 말처럼 학업에 대한 의지는 꺾이지 않고 열심히 적응해 갔습니다. 고백하자면 각종 뒤풀이 행사에도 참여하여 술을 마시는 날이면, 대학 지하 주차장에서 잠을 자고 이른 새벽에 일어나 출근한 적도 왕왕 있었습니다. 그렇게 한 학기를 보내고 방학을 맞이하였을 때 평소에 느끼지 못하던 저녁 시간의 소중함을 깨달았습니다.

3월부터 6월까지 4개월간 주경야독이란 습관이 들렸다가 방학을 맞이했습니다. 저녁 시간이 붕 뜸에 어색함을 느꼈고, 이를 자기 계발에 투자했습니다. 평소 국사에 관심이 많았고, 이를 성취로 이을 한국사능력검정시험 1급에 도전하기로 마음먹었습니다. 업무를 마치고 퇴근하면 이동면에 있는 '이디야'나 맞은편 '111 커피'를 찾아 공부에 열중했습니다. 하루는 근처에서 회식하고 온 부대의 연대장님(교체된 다음 지휘관)이 카페를 찾았습니다. 공부하는 제 모습을 보고 "너 참 열심히 산다."라며 격려하였는데, 그 뒤로 몇 번이고 주위 이들에게 열심히 사는 사람으로 인식이 자리매김한 것 같습니다.

열심히 살다 보면 지성이 감천이라 무엇이든 해내지 않겠냐는 생각이었습니다. 그 결과 44회 한국사 시험의 높은 난도에 2급을 받은 다음, 다시금 공부하여 끝내 목표하던 1급을 취득했습니다. 일련의 과정으로 이룬 성취감이 짜릿했습니다. 다른 여유시간과 방학에 더 꾸준히 자기 계발과 대외 활동 등에 매진케 하는 원동력이 되었습니다.

포기는 배추를 셀 때나 하는 말

빵값이 왜 이리 비싸?

재정병과 부사관으로 업무에 알맞게 국고와 살림살이를 개혁했던 사건이 유독 기억납니다. 제 군 생활에서 뺄 수 없는 이야기입니다. 사기업이라면 아마 감사나 공정거래 자율 준수프로그램(CP)의 개념에 부합하겠습니다. 선발직에 합격하여 자리를 옮긴 705 특공연대 부대 안에는 카페가 조성되어 있습니다. 특히 제가 근무하던 사무실 바로 옆이라 더 자주 눈에 띄었습니다.

어느 날 야근을 해야 했는데 저녁 먹으러 병영 식당에 가기는 번거롭던 찰나였습니다. 카페에 있던 치즈 머핀이 떠올랐습니다. 가서 머핀 빵 가격을 보니 2천 원이 넘는 금액이라 의문이 들었습니다. 평소 코스트코나 이마트트레이더스에 종종 다니면서 본 소비자가격은 잘 쳐줘 봐야 개당 700원에서 1천 원이었기 때문입니다.

　비싸다는 생각으로 의문을 품고 카페가 조성된 배경이 담긴 계약서를 찾았습니다. '선한 목자 재단'이라는 업체가 선의로 일체 기부하여 시설을 조성해 주었음을 알 수 있었습니다. 그런데 군 복지시설은 특성상 비영리 목적으로 운영됩니다. 인건비가 들지 않고 임대료 또한 없으며, 원재료비를 반영하여도 비싸기에 의문을 가졌습니다.

　군에 들어오는 구매 가격과 출처를 알아보니 이면에 불공정 계약이 있음을 확인했습니다. 사실상 기부가 아니라 조성하는 대가로 원재료비를 비싸게 독점으로 납품한 것입니다. 이를 해결하고자 계약서의 해지 조항과 시중 가격을 꼼꼼하게 비교하고 분석했습니다. 그리고 〈부대 내(內) 카페 개혁안〉이라 명명한 보고서를 작성하여 지휘관에게 보고합니다.

　　　　　　　　　　　　　　포기는 배추를 셀 때나 하는 말

연대장님은 내용을 보고 문제가 있는 게 맞다며, 옳은 방향을 향해 나아갈 것을 지시했습니다. 그렇게 카페 계약 해지 절차를 진행하는데, 이익 관계자들의 민원과 압박이 있었습니다. 연대장님은 이 일 때문에 몇 차례 군단에 방문하는 등 고초를 겪는 모습이 보였습니다. 부담과 압박에 누군가는 그냥 접자고 하였습니다. 그러나 포기하지 않고 백방으로 노력했습니다. 육군본부 법무실, 상급 부대 감찰실, 그리고 안보지원사령부(구 기무사령부) 소속 인원에게 해당 사항을 알리고 조언을 구했습니다. 덕분에 잠시 막혔던 해지 과정은 순탄히 흘렀습니다. 결국, 해당 업체의 정보를 찾아 가산디지털단지역에 방문하여 계약 해지를 통보합니다.

이후 판매하는 식음료의 품질을 높이며 단가는 절반 이상 낮추었습니다. 주머니 사정이 가난한 장병의 복지 향상과 재정 효율화에 이바지한 것입니다. 이처럼 옳고 정의롭다고 생각하면 추진력을 갖고 나아가는 삶을 살고 있습니다.

적은 돈으로 흑자 결혼하기

'KBS 시사기획 창 : 우리의 험난한 평균 결혼식'에 의하면 한 결혼 정보 업체가 기혼 남녀 1,000명을 대상으로 조사한 평균 결혼 비용이 3억 원을 넘었다고 합니다. 집값을 제외하고도 6천만 원이 넘는 수치라 하는데요. 스튜디오·드레스·메이크업과 신혼여행만으로도 한 사람의 연봉을 훌쩍 넘는 가격을 지급하니 큰 부담입니다.

'인생에 한 번뿐'이라는 외침에도 결혼 부담이 크니 우리나라 인구 천 명당 혼인 건수는 꾸준히 줄어들고 있습니다. 2023년 기준 19만여 건으로, 10년 전과 비교하면 40%나 급감한 것입니다. 결혼에 대한 인식과 태도가 변화하고 있습니다. 통계청이 발표한 자료에 따르면 30대 남성 48.7%, 여성 31.9%, 20대 남성 41.9%, 여성 27.5%만이 결혼에 긍정적인 답변을 보였고, 모든 연령대에서 결혼하지 않는 이유로 결혼 비용을 1위로 꼽았다고 합니다.

저는 아내와 2년을 연애하던 시점인 26세에 결혼을 떠올렸습니다. 지금

포기는 배추를 셀 때나 하는 말

에서야 30대에 접어들어도 결혼하지 않는 이들이 많습니다만, 전 20세부터 일했으니 사회생활 7년 차였습니다. 또 당시 부사관들은 결혼을 좀 일찍 하는 분위기가 있었습니다. 저도 4년 뒤면 서른이 될 터이니, '슬슬 해도 되겠다.'라는 생각이 들었습니다. 고민은 결정을 늦출 뿐입니다.

그런데 결혼하겠다고 마음을 먹고 보니 해야 할 일이 많았습니다. 아내의 동의, 장인과 장모님께 인사와 허락이 필요했습니다. 또 결혼 관련 스튜디오·메이크업·드레스·결혼식장 등 행사까지 선택하고 결정할 것도 많았습니다. 아내는 결혼하자는 말에 흔쾌히 그러자고 하였으니, 다음 과제는 장인과 장모님의 승인이었습니다. 저는 집안 배경이 전혀 없고, 가진 자산도 많지 않았습니다. 그래서 앞으로 어떻게 살겠다는 계획만을 써서 갔습니다. 참 무척 떨렸던 것으로 기억납니다. 계획서를 바탕으로 이런저런 말을 꺼낸 결과 허락을 받았습니다. 말을 잘하거나 설명해서가 아니라, 그냥 어떤 다짐과 태도, 꿈을 보신 듯합니다.

그렇게 꿈꾸듯 사람들의 동의를 받았으니, 다음은 스튜디오 · 드레스 · 메이크업과 결혼식을 생각해야 했습니다. 그땐 한창 대학교 2학년을 병행하던 때라 경제학에서 가르친 '최소 비용 최대 효용'을 끌어내려 갖가지 방안을 생각하고 정리했습니다. 그리고 곧 실행에 옮깁니다. 스튜디오는 전주 한옥마을이었습니다. 8월 무더운 날에 전주를 찾아 '일상애'라는 가게에서 1인당 2만 원씩에 한복을 빌렸습니다. 신발과 장식까지 평소 사진을 찍으라고 갖춘 대여점이었기 때문에 저렴한 가격에 좋은 품질의 한복과 소품이 많았습니다. 거기에 "사정이 어려워 빌려 결혼사진을 찍으려 한다."라고 하니, 여러분들이 아내에게 붙어 잘 치장해 주었습니다. 지금도 참 고마운 마음이 듭니다.

메이크업은 '유진 메이크업'이라는 가게에서 한복 메이크업을 받았습니다. 단아한 한복에 더욱 얼굴이 잘 나오게 굵은 선과 선명한 색상의 콘셉트였습니다. 역시 "무슨 일로 메이크업하세요?"라는 주인분 물음에 결혼사진을 촬영하려 한다고 답했습니다. 그러니 심혈을 기울여 신경 써 주었습니다. 전주의 인심이 참 따스했습니다. 가격은 당시 남자 5만 원, 여자 6만 5천 원에 메이크업과 드라이까지 받았습니다.

그렇게 한복과 메이크업 준비를 마쳤고, 인스타그램으로 찾은 이제연 작가(지아코스냅)님을 만나 전주 한옥마을의 담벼락, 경기전, 한옥 건물들 사이사이를 누비며 촬영했습니다. 무더위가 극심할 때인데도 최선을 다해 땀 흘려가며 촬영해 준 작가님께 지금도 고마운 마음입니다. 이렇게 무수한

포기는 배추를 셀 때나 하는 말

사진을 찍고 세부 보정 17매와 원본을 받는 것이 그때는 17만 원에 불과했습니다. 결과적으로 메이크업과 사진 촬영, 한복까지 든 비용은 32만 5천 원이었습니다.

　다음은 대망의 결혼식 준비입니다. 당시 코로나 상황이었기에 이를 십분 활용했습니다. 최대 50인 모임 제한이어서 군이 큰 결혼식 홀도 식사도 필요가 없겠다는 결론에 도달했습니다. 평창에 있는 처가의 마당에서 하겠다는 계획을 세웠고, 준비물을 차근차근 준비했습니다. 테이블들에 흰 천을 깔고 과일과 과자류 간식을 준비했으며, 이젤을 몇 개 사서 결혼사진 액자를 거치했습니다. 하얀 플라스틱 의자를 50여 개 구매하고 분홍색 리본을 달아 연출했으며, 스피커와 마이크 모두 구매하고 준비하였습니다. 이는 지금도 잘 사용하고 있습니다.

　손님 초청은 서로 50인 내로 간소하게 준비했습니다. 친인척들은 거의 제외하고 친한 친구들만을 불렀는데, 제 경우 대학에서 같은 동아리를 하는 이들을 초대했습니다. 친구들은 나이가 거의 20대 초반일 때라 순수하게 참여하는 마음이 컸습니다. 무려 15인승 밴을 빌려 서울에서 평창까지 단체로 왔고, 축가에, 춤에 열렬히 축하해 주었습니다. 그때는 2학년 학기 중이라 수업이 있던 애들도 있었는데요. 교수님들께 결혼 소식을 알리고 결혼식에 참석한다고 말씀드리니, 흔쾌히 다녀오라고들 해 주신 낭만 넘치는 시기였습니다.

결혼식 때 입었던 한복은 근교 원주에 있는 가게를 모두 전화하여 시장 가격을 조사했습니다. 대여비와 구매비를 비슷하게 받는 곳도 있었고, 구매비가 매우 비싼 곳도 많았습니다. 그렇게 전화를 돌리던 끝에 '덕신주단'이라는 시장 안에 있는 가게를 찾았습니다. 가격이 합리적이었고 10% 할인받을 수 있는 '원주사랑상품권'도 사용할 수 있었습니다. 그렇게 저렴한 가격에서도 10% 가까이 실 구매비용을 절감했습니다.

이렇게 A부터 Z까지 모든 과정을 준비하고 실행한 것을 동영상과 블로그에 기재해 두었습니다. 교제하는 연인의 인성과 꿈이 괜찮다면, 일찍이 간소하게, 재밌게, 알차게 결혼하고 살아가는 것도 좋습니다. 또 모든 것을 준비하고 결과까지 끌어내 보면 둘도 없는 추억이자 뿌듯함이며 큰 기억으로 남습니다. 지금은 미술관이나 박물관 등 공공기관을 개방하여 예식장의 역할로 장소를 대여하는 곳도 많다 합니다. 주저 없이 도전하길 추천합니다.

결혼 이야기를 담은
팟캐스트 오디오

결혼 이야기를 담은
유튜브 영상

아! 청약 당첨, 동탄신도시에 내 집

결혼을 빨리한 이유 중 하나는 '내 집 마련' 실현을 위함이기도 했습니다. 2019년부터 경제학을 배우다 보니 시장에 관심을 두었는데, 2020년 초반부터 부동산 가격의 상승이 심상치 않았습니다. 2020년 당시 서울 평균 아파트 가격이 10억 원을 돌파했습니다. 코로나19 확산에 따라 세계적으로 경기부양책을 풀면서 화폐가치가 하락하고 자산가치가 상승하는 추세였습니다. 이후 2021년부터 2022년까지는 더 가파르게 상승했습니다.

인생 계획을 세우고 계산기를 두들겨 보니 근로소득보다 자산의 가치가 오르는 속도가 더 빨랐습니다. 늦으면 늦을수록 계층 간 사다리를 옮겨 탈 기회가 적어질 것으로 예측되기에 청약제도를 찾았습니다. 청약제도란 아파트 등을 건축하기에 앞서 입주할 사람을 모집하고, 이에 당첨되면 건축물이 완공 시 입주하는 권리를 미리 매수하는 것입니다.

집을 해갈 수 있는 상황이 아니니 혼인신고를 마친 후 '생애최초 특별공급'제도를 이용하고자 마음먹었습니다. 이때는 별다른 제약 없이 결혼하고

5개년 소득 이력만 있으면 지원 시 추첨제 100%가 적용됩니다. 운만 좋으면 한 번에 붙을 수 있었습니다. 또한, 본래 공공분양에만 생애최초 특별공급이란 제도가 있었는데, 민간 분양에도 7%에서 15%까지 비율을 책정하여 배분함으로 당첨 기회는 조금 더 많아졌습니다. 그래서 특별공급과 일반분양 추첨제를 활용하여 청약을 넣기 시작했습니다. 나이가 어려 가점제 점수가 18점에 불과하기에 저가점자가 당첨될 유일한 방법은 추첨제였기 때문입니다.

청약을 선택한 이유 한 가지를 더 들어보자면 '분양가상한제'라는 정책입니다. 2020년 7월 29일 민간 분양에도 분양가상한제가 적용되기 시작합니다. 이게 뭐냐면 새로 아파트를 지어서 공급할 때 주변 시세보다 저렴하게 주라는 겁니다. 2021년 청약 당시 엄청난 인기를 끌었던 '동탄역 디에트르'를 사례로 들면 4.6억이란 저렴한 분양가로 나왔는데 주변 시세가 10억 원을 넘었습니다. 절반도 안 되는 가격이라 자금을 마련하기도 쉽습니다. 매매하는 것에 비해서 부동산 하락이나 조정장이 와도 프리미엄이 보장됩니다. 그래서 동탄역 대방디에트르나 과천 지식정보타운 등에 로또 청약이란 얘기가 나왔습니다.

<**청약 당첨 시 자금 구조**>

계약금 (10~20%)	중도금 (50%~60%) 대출	잔금 (30%~40%) 대출
자비 또는 대출		
당첨 시 자금 필요	준공 시점까지 모은 자금 + 주택담보대출	

그렇다면 신축으로 들어갈 수 있는 청약이 자금을 마련하기가 얼마나 쉬운지를 따져 봅니다. 분양가는 일반적으로 계약금 10%에서 20%입니다. 중도금은 50%에서 60% 정도로 구성됩니다. 잔금은 30% 선입니다. 필요 자금을 계산하면 분양가가 3억 5천만 원일 때 계약금 10%만 있으면 대체로 나머지 금액은 대출로 조달할 수 있습니다. 그럼 내 돈은 3천5백만 원 정도 들어가는 것입니다. 분양가는 3.4억인데 나중에 아파트 시세는 6억이라 하면, 프리미엄은 2.6억입니다. 내 돈 3천5백만 원을 들여 2.6억을 버니 7배의 이익을 창출하는 것입니다.

이처럼 자금 마련도 용이하고 여러모로 장점이 많아 계속하여 청약을 넣었습니다. 남양주 별내에 분양하는 '자이 더 스타'부터 28번을 떨어진 끝에 당첨된 것이 '동탄역 금강펜테리움 더 시글로'라는 아파트 소형 평수였습니다. 아내와 이야기 나누어 작은 평수라도 당첨 가능성이 큰 타입을 찾아 접수했었습니다. 당첨자 발표가 2021년 6월 1일이었는데, 그날따라 핸드폰이 아닌 컴퓨터로 당첨 여부를 확인해 보고 싶었습니다. 들어보니 늘 비어 있던 당첨 사실 내역에 한 줄 글씨가 보였습니다. 바로 아파트 단지명과 평형, 동과 호수였습니다. 어안이 벙벙했고 곧 환호성을 지르며 아내에게 전화하여 당첨 사실을 알렸습니다. 이렇게 매우 적은 부담으로 내 집 마련을 실현했습니다. 신기하게도 청약을 접수한 그날은 5월 24일로 제 생일이었습니다.

여러분도 청약제도를 십분 활용하시길 권합니다. 부동산 가격이 치솟을 때는 여러 제약이 강화됩니다. 대출을 받기 어려워지며, 청약제도가 까탈스럽게 변합니다. 그러나 부동산 가격이 하락하거나 조정을 받는 시장일 때에는 대출을 받기 용이합니다. 청약제도는 가점제보다 추첨제를 풀어 주는 경향이 있습니다. 현재는 저출산에 맞추어 아이가 있거나 많으면 유리합니다. 이렇게 제도는 계속하여 변화하니 살펴보다가 접수할 수 있는 자격이 되면 꾸준히 넣어 보시길 바랍니다. 이때 계약금은 보통 10%에서 20% 사이이므로, 여러분이 모은 수천만 원에서 억대의 종잣돈이 접수할 부동산의 입지를 결정짓습니다.

無스펙인 내가 대기업 건설사 합격?

흙수저와 무스펙은 제게 너무나 친숙한 단어였습니다. 가정환경의 어려움으로 비롯해 제대로 된 학원이나 과외 한 번 받지 못했습니다. 교육에 투자가 전혀 되지 못하고 겉돌았습니다. 물질적, 정신적 가난이 너무나 익숙했습니다.

그러던 중 서서히 제 가치를 끌어올렸습니다. 재정병과 부사관 5년 경력은 사회에서 우수하게 처주는 것은 아니나, 사회생활을 겪어 보았다는 매력이 있습니다. 숭실대학교 금융경제학과 학업 과정은 고졸인 상태를 재학자 내지는 졸업 예정자로 가치를 올려 주었습니다. 동시에 수행한 대외활동 십여 개는 넓은 시야를 주었습니다.

그래도 사실 대기업 공개채용 합격에는 매우 부족한 역량이었습니다. 다른 이들은 여러 전문적인 자격증을 갖고, 영어나 제2외국어까지 통달하여 취업을 준비했을 터입니다. 그에 비하면 한국사능력검정시험 1급이나 워드프로세서 정도만 있는 자격 수준은 정말 모자란 역량이었습니다.

대학교 3학년부터 사회 취업과 전역을 많이 생각했습니다. 대학에 다녀
보니 공부하고 있는 이들이 참 많았습니다. 새로 배우는 지식으로 너른 세
상에 뜻을 펼쳐 보고자 하는 야망이 태동했습니다. 그렇게 2021년 전역과
발맞추어 취업을 준비하고 이력서를 넣었습니다. 대기업 입사 전에 잠시
일하던 곳이 금강주택의 한 계열사였습니다. 그래서 연관 있는 건설업계를
지원함이 유리하겠다고 판단했습니다.

참 많이도 떨어졌습니다. 특히 호반 계열사나 도급 순위 60위 신동아건
설은 면접 과정까지 갔고, 다른 지원자들보다 훌륭히 답변했습니다. 그러
나 각종 인턴십과 정량적 스펙이 높은 지원자들에게 밀려 불합격 통보를
받았습니다. 하지만 포기하지 않고 꾸준히 지원했습니다.

포기는 배추를 셀 때나 하는 말

그러던 중에 한 메일을 받았습니다. D건설사에서 보낸 '2022년 신입사원 채용_도시정비영업 서류전형 결과 및 AI 역량검사&면접전형 안내'라는 제목이었습니다. D건설사는 건설업계자들이 흔히 거론하는 삼성, 현대, DL, 대우, 지에스인 '삼현대대지'에 속한 메이저 건설하였습니다. 이렇게 서류 합격부터 1차와 2차 면접에 온 힘을 다해 매달렸습니다. AI 인·적성검사까지 진행 후 최종 합격 소식을 들었습니다. 근로계약서에 서명하기까지 최초 안내 메일부터 두어 달이 걸렸으나, 행복하면서도 일희일비하던 순간들이었습니다.

합격 후 듣기론 당시 경쟁률이 200대 1 정도였다고 합니다. 많은 지원자 중 저와 동기 한 명이 발탁되었는데, 이 동기는 서울대학교를 나온 굉장한 역량을 가진 친구입니다. 후에 알고는 어안이 벙벙하고, 저를 선택한 회사에 감사의 마음이 들었습니다. 회사가 삶의 기조를 좋은 방향으로 바꾸어 주었기에, 지금도 고마운 마음을 갖고 밥값 하는 인재가 되도록 노력합니다.

이처럼 도급 순위가 훨씬 낮은 기업도 무수히 떨어졌습니다. 그러나 결국 나를 인정해 주는 결이 맞는 조직은 분명 존재합니다. 이 글을 읽는 독자님도 '두드리면 열릴 것이다.'라는 말을 믿으면 좋겠습니다. 해 오던 것처럼 계속 도전하며 길을 개척하길 바랍니다.

도전 마인드 셋 장착

2019년부터 2022년까지 대학에 다니고, 2023년 봄에 대학을 졸업했습니다. 대학을 졸업하고 돌이켜보니 대학 생활은 고졸 때와는 다른 식견과 시야를 갖추게 했습니다. 특히, 재학하였던 숭실대학교 금융경제학과를 통해 인생이 달라짐을 체감하였습니다. 금융과 경제 같은 실용적인 학문을 공부하며 돈에 대한 개념을 학습하고 정립했습니다. 이는 '한정된 자원을 어떻게 잘 활용하여 불릴 것인가?'를 고민하게 했습니다. 깊어지는 생각과 이에 바탕한 더 현명한 선택은 더 나은 미래로 차츰 다가서게 합니다. 펀드와 주식, 부동산 등 자산에 투자해 봄도 좋습니다. 화폐가치 하락에 대응하거나, 더 높은 수익을 달성함은 여유를 만들어 줍니다.

사람들과의 교류도 뜻깊습니다. 수십 명의 동기, 선배, 후배와 마주했습니다. 그리고 행사나 동아리 등 모임을 통해 유대관계를 형성했습니다. 이는 당장에 큰 도움이 되진 않아 보일 수 있습니다. 그러나 필요할 때 비즈니스건 친분과 놀이이던 위로건 간에, 관계란 큰 힘이 되어 줍니다. 가치관이나 생활이 비슷한 공통분모를 가진 이들과 교류는 재미있습니다. 뜻깊은

포기는 배추를 셀 때나 하는 말

추억을 만듭니다. 또한, 나의 내면을 단단하고 풍성하게 만듭니다.

자기 계발과 발전은 쉽지 않습니다. 잠을 줄이고 시간을 내어야 합니다. 때로는 지루하거나 힘든 시기를 보냅니다. 그러나 눈 비비고 커피 한잔하며 꾸준히 노력함은 힘이야 들지만, 천천히 그리고 분명히 마인드와 삶이 좋은 방향으로 나아감을 알 수 있습니다. 목표를 달성하여 이루는 성취감은 긍정적인 인생을 이루는 데 큰 도움이 됩니다.

그렇기에 비관적 한계보다는 '긍정과 도전'이 항상 필요하다고 말하고 싶습니다.

주어진 상황이 좋은 나쁘던 이미 그 상황을 되돌리기란 어렵습니다. 해야 할 것은 바뀐 상황에 발 빠르게 대응하는 것입니다. 버스가 떠났으면 우리는 다른 교통수단을 찾아 목적지에 도달해야 합니다. 생각이 행동이 되고 행동이 현실을 변화시킵니다. 그러므로 비관적 한계보다는 긍정과 도전을 통해 정말 달라지는 삶, 소위 잘살아 보는 인생을 펼쳐 보면 좋겠습니다.

2차 세계대전을 승리로 이끈 윈스턴 처칠 영국 총리는 "비관론자는 모든 기회 속에서 어려움을 찾아내고, 낙관론자는 모든 어려움 속에서 기회를 찾아낸다."라고 말했습니다. 내 강점이 무엇인지 알면 그대로 풀악셀 직진입니다. 제가 흙수저에 고아였던 상황은 앞으로의 삶에 그리 중요하지 않습니다. 애당초 사람은 완벽하지 못합니다. 그렇기에 대중은 모든 면이 완벽한 '육각형 사람'을 선망하고 좋아합니다. 학창 시절 저의 한계는 영어와 수학을 못 하는 것이었습니다. 그렇지만 내 장점과 특기에 모든 것을 쏟아 부었습니다.

대학 입학 후 많은 이들이 좋은 성적을 내는 것에 집중함이 보였습니다. 저는 그 상황에 시간 배분을 통해 적당한 학점 취득을 결심했습니다. 정량적인 스펙을 쌓는 것이 부족한 환경이라면, 정성적인 비교과 활동의 왕이 되겠다는 생각이었습니다. 그렇게 비교과 활동인 독서나 대외활동에 시간을 투자했습니다. 비교과 활동은 학점에 증명되지는 않으나, 나만의 경쟁력과 가치를 만들어 줍니다. 활동 하나하나를 최대한 기록했습니다. 의견을 개진하며 리더 역할을 맡아보았습니다. 많은 이와 소통함은 시야를 넓혀 주었고, 포트폴리오의 한 축의 자연스러운 완성으로 이어졌습니다.

공부는 포기하지 않고 할 수 있는 한 최선을 다했습니다. 퇴근 시간대에 포천에서 서울로 향하면 교통지옥입니다. 주 4일씩 왕복 4시간 30분을 오갔습니다. 그 사이 대학교 2학년 때 결혼도 하였고, 전역하여 새로운 직장에 자리 잡기도 하는 등 별일이 많았습니다. 2019년 대학교 합격부터 4년이란 시간이 그렇게 길었습니다.

공부하기 싫을 때는 하고 싶은 것을 찾아서 했습니다. 2년간 연애를 하고 결혼을 떠올렸습니다. '내 집을 어떻게 마련하지?'라는 생각에 찾아보며 청약을 공부했습니다. 청약과 관련한 글을 정리한 블로그에 게시한 포스팅

만 70여 개가 쌓였습니다. 유튜브로 영상도 만들어 분석해 보니, 그때에는 정말 청약제도에 통달할 정도였습니다. 이렇게 집중하고 실행한 끝에 대학 3학년 때 동탄에 청약이 당첨되었습니다. 불과 3년 만에 내 집 마련이란 유의미한 결과를 만든 것입니다.

뭔가 하기 싫으면 내 인생을 좋게 바꿀 수 있는, 하고 싶은 것을 지금 하면 됩니다. 시험 기간에는 공부보다 방 청소와 정리가 재미있습니다. 안 읽던 책에 관심이 가고, 사회 이슈와 활동에도 큰 흥미가 생깁니다. 마음 내키는 대로 그리하면 됩니다. 괜찮습니다. 하고 싶은 것, 잘하는 것에 열정을 쏟아부어 보시기 바랍니다. 빛나는 결과물이 점점 가까이 올 것입니다.

한계란 없습니다

제게는 2023년에 대학을 졸업한 후 2가지 괄목할 만한 성취가 있습니다. 첫 번째는 대학원이며, 두 번째는 책을 출간한 경험입니다. 고졸로 사회생활을 하다가 대학에 다니고 졸업한 후 인생을 돌이켜 보았습니다. 인생의 많은 부분이 긍정적으로 변화하고 발전하였음을 느낍니다. 곰곰이 생각해 보니 나에 대한 교육투자가 가치를 올리기에 제일 좋았습니다. 그렇게 학사를 넘어 석사과정을 밟아 보고 싶다는 생각이 미쳤습니다.

학습한 지식은 자양분이 되어 사회생활에 큰 도움이 됩니다. 이를 믿어 의심치 않았기에 대학을 졸업하고 학업은 반년을 쉬었습니다. 그리고 집필이라든지 다른 일에 어느 정도 집중하는 시간을 가졌습니다. 그 후 돌아온 가을에 후기 모집으로 대학원에 지원합니다. 지원한 대학원은 고려대학교 정책대학원과 연세대학교 행정대학원입니다. 사람은 경험으로 성장한다고 느끼는데, 대학원 지원 때에 이를 확인했습니다.

화성시에서 청년정책과 관련한 대외활동을 하며 안면 있는 경기도의원님이 있습니다. 의원님에게 조심스레 대학원 추천서를 요청했습니다. 다다

포기는 배추를 셀 때나 하는 말

익선(多多益善)일 수도 있겠다는 생각에 학부 교수님들께도 추천서를 요청했습니다. '날 기억이나 하실까?'라는 걱정과 달리 모두 흔쾌히 써 주었습니다.

그렇게 대학원 지원 원서를 잘 갈무리하여 제출했습니다. 아쉽게도 고려대학교 대학원은 낙방하였습니다만, 연세대학교 행정대학원 석사과정에 합격했습니다. 합격한 과정은 '지방자치·도시행정'을 배우는 전공인데, 지방자치와 지역개발 그리고 도시화를 주제로 학습합니다. 이에 따른 정부의 정책과 행정을 이해하고, 리더십과 관리 역량 배양까지 학습합니다. 부동산이란 갈래보다 큰 틀의 내용을 배우기에 성장을 기대하고 있습니다.

대학원을 잇는 또 다른 큰 성취는 책 출간입니다. 29세를 맞이하는 새해에 인생 계획을 세우며 '20대가 가기 전에 책을 써 보겠다'라는 뜻을 품었습

니다. 그리고 만 나이가 적용되어 28세에 스스로 정한 약속을 지켰습니다. 인생 첫 공저는 『채권 투자 무작정 따라하기』입니다. 채권투자의 시작이자 끝의 역할을 맡는 입문서로, 2023년 겨울부터 2024년 봄까지 약 1년을 매달려 지어냈습니다. '채권이 어렵다는 잘못된 인식을 깨기 위한 해결책'을 지향했습니다. 여의도 최고의 채권 전문가로 알려진 서준식 교수님과 똑똑한 동기와 합작했습니다. 어려운 채권의 개념을 가장 쉽게 풀어냈고, 실전 투자까지 무조건 따라 하도록 만드는 데 큰 매력이 있습니다.

책을 써 보고 출간함은 성숙한 삶을 만드는 데 큰 도움을 주었습니다. 약 1년간 수많은 자료 조사와 함께 원고를 쓰느라 고민하고 진력했습니다. 특히 기억에 남는 일은 풍부한 글감 구성을 위한 자료 조사 때였습니다. 2023년 6월, 현충일을 맞이하여 천안 독립기념관에 방문했습니다. 그런데 지성이 감천이라고 조상님들이 도운 것인지 '독립공채' 전시물을 촬영할 수 있었습니다.

포기는 배추를 셀 때나 하는 말

우리나라 채권의 역사이자 당시 종이의 일부를 떼어 제출하고 이자를 받는 이표채 형식이 잘 나타나 있는 귀중한 사료였습니다. 보자마자 "유레카"를 외치며 사진으로 담아내어 온종일 희희낙락했습니다. 이처럼 사람은 관심을 어디에 두느냐에 따라 달린 듯합니다. 평소에는 귀한 가치가 있는 것을 보지 못하지만, 관심을 두면 발견할 수 있습니다.

출간한 책은 금융이나 상경계열의 기초를 잡는데도 긍정적인 영향력이 있지만, 제 이력에도 큰 도움이 되고 있습니다. 출간이란 과정에 얻는 경험과 배움도 역량을 높여 주었고, 자신감을 주었습니다. 여러분에게도 한계란 없습니다. 삶에 의미 있는 내용을 잘 정리하다가 기회가 닿는 대로 책출간에 도전해 보면 좋겠습니다.

3장

고군분투
자립준비청년,
당신의 멘토

재테크? NO, 개인재무관리

財(재물 재) + Tech, 보유한 자금을 효율적으로 운용하여 재산을 불리는 행위인 재무 테크놀로지의 줄임말입니다. 표준국어대사전 등재 어휘인 재테크는 우리의 일상에 깊숙이 파고든 용어입니다. 그런데 돈을 버는 데 정말 테크(기술)가 필요한지를 생각해 봅시다. "재테크를 잘하고 있으신가요?"라는 질문에 어떻게 답하는 것이 알맞겠습니까? 가령 "어떻게 다이어트를 하나요?", "어떻게 영어 공부를 하시나요?"라는 질문에는 어떻게 답하는 게 옳을까요?

정보가 넘쳐나는 시대입니다. 관심 있는 분야를 찾아보면 무수한 책이 있습니다. 유튜브 등 인터넷을 통해 어떤 주제이든 무료나 적은 비용으로 양질의 정보를 쉽게 획득할 수 있습니다. 많은 이가 '어떤 특별한 기술이 있으면 한 번에 도약할 수 있으리'라는 생각에 빠져 있습니다. 지식을 쌓고 차근차근 부를 늘려나가는 사람을 보기란 어렵습니다. 출근길, 쉬는 시간, 점심시간, 퇴근길 등 여가 시간에 책이나 신문을 읽는 사람은 잘 보이지 않습니다. 그러면서 단편적이고 빈약한 지식만으로 뛰어듭니다. 적은 자본을 바탕으로 높은 수익률, 소위 '한탕'만을 바라는 것입니다. 유튜브 〈슈카월드〉의 대표 전석재는 아래와 같이 주장했습니다.

"자금을 효율적으로 운용하여 부를 늘리는 것은 기술이나 꼼수에 바탕으로 한 재테크라고 부를 것이 아닙니다. 내 인생 전반에 재무 계획과 관리를 실천하는 개인재무관리(Personal Financial Management)라 칭해야 합니다."

보험업계에서 사용하는 '경험생명표'라는 통계자료가 있습니다. 특정 기간에 보험 가입자의 사망률, 생존율 그리고 기타 위험률 등을 반영한 것입니다. 보험사가 미래의 위험을 예측하고 요금을 책정하는 데 필요한 중요한 자료입니다. 2024년에 보험 개발원이 발표한 '10차 경험생명표'에 따르면 대한민국 남성의 평균 수명은 86.3세이며, 여성은 90.7세로 집계되었습니다. 이는 '9차 경험생명표'의 남녀 평균 수명보다 각각 2.8세와 2.2세가 늘어난 수치입니다.

내가 남성이라면 평균 86.3세에 죽고, 여성이라면 90.7세에 사망한다는 이야기입니다. 지금의 나이에 따라 다르겠지만, 20대에 이 책을 보는 독자라면 앞으로 최소한 60년을 더 살아야 한다는 게 됩니다. 수명은 갈수록 의료 등 여러 기술의 발달로 늘어날 가능성이 큽니다.

아무런 돈에 대한 계획 없이 수십 년을 살고 난 후의 내 모습은 어떨까요? 48%의 비율로 2명 중 1명에 해당하는 노인 빈곤층이 되고, 전전긍긍하며 삶을 살아갈지도 모릅니다. 그러므로 현재와 앞으로 가질 돈과 가진 돈이 얼마나 될지를 생각해 보고 준비해야 합니다. 노인이 되고 나서 돈을 벌고 쌓기에는 신체 요건이 젊을 때보다 좋지 못합니다. 그러므로 젊은 시기보다 근로소득을 통해 높은 소득을 벌기 어렵습니다.

우리나라 성인의 사회 진출 시기는 늦어지고 있습니다. 첫 직장에 자리 잡는 시기가 뒤로 밀리고 있다는 뜻입니다. 2023년 인사혁신처가 발표한 9급 공무원 합격자 평균연령은 29.4세입니다. 대기업 평균 취업 연령은 어떨까요? 이와 비슷하게 뒤로 밀렸습니다. 저 또한 28세에 대기업 문턱을 밟았으니 말입니다. 과거보다 성인이 된 지 얼마 되지 않은 이들은 상대적으로 경쟁력이 부족합니다. 주어지는 기회가 적습니다. 중고 신입이나 이에 못지않게 스펙을 쌓은 후에야 취업 문에 도전할 수 있습니다.

그럼 0세에서 29세까지는 수입이 없는 구간이고, 30세에 직장 생활을 시작하여 돈을 벌기 시작한다고 칩니다. 2022년에 '미래에셋 투자와 연금센터'가 통계청 경제활동 인구조사 자료를 분석한 결과가 있습니다. 이 자료는 가장 오랜 기간 종사한 일자리에서 퇴직한 평균 나이를 49.3세로 집계했습니다. 30세에 취업하면 겨우 20년을 벌고 은퇴합니다. 20년간 번 소득으로 50세에서 약 90세까지 40여 년을 사는 것입니다.

10대~20대	30대~40대	50대~
소득 없음, 지출구간	높은 소득 및 지출구간	적은 소득 및 지출구간

30세에 돈이 없다고 50세에는 돈이 많을까요? 결혼과 출산을 늦게 하는 사회적 기조상 50세 내외의 시기는 가정을 꾸려 자식이 있습니다. 자녀가 있으면 지출이 많아집니다. 돈은 계속하여 필요합니다. 주된 일자리에서 퇴직하고 소득이나 질 낮은 직장에라도 종사하며 먹고살아야 합니다. 그러다 65세에 개시되는 국민연금에 잠시나마 숨통을 틔며, 평균 실질 은퇴 시기인 72.3세까지 근로합니다.

그렇기에 우리는 지금 버는 소득을 미래로 보내야 합니다. 특히 제일 많은 소득이 생기는 시기인 30세에서 50세 사이가 중요합니다. '돈을 어떻게 운용할 것인가?'를 항시 생각하고 바라보아야 하겠습니다. 그럼 가진 돈을 어떻게 운용하는 게 정답일까요? 가치투자로 유명한 워런 버핏의 격언이 있습니다. "투자의 원칙 첫 번째, 돈을 절대 잃지 않는다.", "두 번째, 첫 번째 원칙을 지킨다."입니다. 수익률을 좇아 위험 상품에 투자하기보다는 내게 주어진 수십 년의 시간을 믿는 게 좋습니다.

가장 좋은 투자처는 교육입니다. 학자금 대출처럼 안정적인 레버리지(타인의 자본을 자신을 위한 지렛대로 활용)를 통해 나의 학력과 지식을 높이

포기는 배추를 셀 때나 하는 말

는 것입니다. 이는 시장에서 인정받는 내 몸값을 높임으로 벌어들이는 소득 자체를 크게 늘립니다. 제 경우도 고등학교를 졸업하고 아르바이트를 전전하다가 대학교를 졸업하고 결국 대기업 문턱을 밟았습니다. 지금은 석사과정을 진행합니다. 1시간당 벌어들이는 가치는 고졸 때 최저시급에서 현재 근로자 상위 20%로 크게 도약했으니 체감한 바가 큽니다.

그다음 좋은 투자는 돈을 위험자산과 안전자산에 분산하여 투입하는 것입니다. 단순히 '달걀을 한 바구니에 담지 말라'는 유명한 격언 때문이 아닙니다. 화폐가치가 하락하는 속도가 빠를 때는 코인이나 고위험 주식에 투자하는 것이 정답으로 보입니다. 현금을 갖고 있으면 바보 같다는 생각이 들며, 수익률이 치솟는 상품이 눈에 들어오기 때문입니다. 평소 위험자산 투자에 관심이 없던 사람들이 관심을 가질 때 매도하여 현금을 확보하는 것이 좋습니다.

매도할 타이밍은 이렇습니다. 맘카페에 '코인 투자를 어떻게 하느냐?'는 질문이 올라오거나, 평소 이에 관심이 없던 부모님이나 주위 사람들이 투자하는 방법을 찾을 때입니다. 이들이 찾는 것을 넘어 투자를 개시했다는 소식 즉, 관심이 과하게 쏠려있을 때가 썰물이 다가온다는 신호입니다.

결과적으로 처음에는 안전자산에 투자하여 종잣돈을 모읍니다. 그러면서 다른 이들이 관심을 두지 않을 때 위험자산을 꾸준히 매수합니다. 금액이 많지 않아도 괜찮습니다. 월급을 받을 때, 뜻하지 않은 수입이 있을 때마다 꾸준히 매수합니다. 그러면 관심이 쏠릴 때가 옵니다. 신문, 방송, 주위 사람이 다들 위험자산 투자가 정답이라고 외치기 시작합니다. 하지 않는 것이 이상한 사회적 분위기가 형성됩니다. 그러면 매도하여 현금을 확보하십시오. 이를 위해 예금과 적금, 채권과 펀드, 주식 등에 꾸준히 관심을 두고 시장의 흐름을 잘 살펴보시기를 바랍니다.

어피티

※ 금융과 경제에 문외한인 초보자가 어떻게 공부해야 할지 막막하다면 '어피티'라는 무료 구독 서비스를 권합니다. 메일로 꾸준히 경제와 자금 운용 등을 쉽게 풀어내어 알려 줌으로 천천히 공부하기 좋습니다.

포기는 배추를 셀 때나 하는 말

종잣돈 마련의 기초, 예·적금 TIP

    1년에 5% 금리를 제공하는 예금상품에 100만 원을 넣으면 1년 후 5만 원의 이자가 생깁니다. 여기서 총 15.4%의 세금이 발생하여 세후 42,300원의 이자를 받는 구조는 익히 들어 알 것입니다. 이런 단순한 이론이 아니라 실질적으로 도움이 되는 TIP을 공유하고자 합니다.

금융상품 한눈에

첫 번째 TIP입니다. 예금이고 적금이고 금리가 높은 상품이 좋습니다. 다만 주의 사항이 있습니다. 각종 우대금리 제공 혜택이랍시고 덧붙이는 귀찮은 것들이 없어야 합니다. 그럼 '높은 금리의 상품을 어떻게 찾을까?' 라는 생각이 들 수 있습니다. 금리별로, 은행별로 비교해 주는 사이트가 있습니다. 금융감독원에서 만든 '금융상품 한눈에'입니다. 사이트에 접속하면 조건에 맞는 저축과 펀드, 대출, 연금과 보험 등을 비교하기 쉽도록 나열해 두었습니다. 예금과 적금에 가입하려는데 어떤 만기에 금리를 얼마나 줄 수 있는지가 궁금하다면, 제일 좋은 조건의 상품에 가입하기 위해 '금융상품 한눈에'로 손쉽게 알아보길 바랍니다.

두 번째 TIP은 '농특세'같이 세금 우대 혜택이 있는 예금, 적금 상품에 가입하는 것입니다. 1,000,000원을 1년간 3%의 예금 금리로 목돈을 맡겨둔 것이 만기가 되었다고 봅시다. 받을 수 있는 이자는 일반과세, 세금 우대, 비과세에 따라 달리 책정됩니다.

포기는 배추를 셀 때나 하는 말

> **<1년 만기 5% 이율 예금에 100만 원을 거치했을 시 이자과세 비교>**
>
> 1. 일반과세 : 1,000,000원 * 5% * 15.4% = 7,700원
> 2. 세금우대예탁금 : 1,000,000원 * 5% * 1.4% = 700원
> 3. 비과세종합저축 : 1,000,000웬 * 5% * 0% = 0원

여기서 비과세종합저축은 조세특례제한법 제88조의 2에 따릅니다. 65세 이상 노인, 장애인, 기초생활보장 수급자, 상이자 등에 제공하는 혜택입니다. 그러므로 대다수 일반인은 해당하지 않습니다. 그런데 세금 우대 예금 상품은 모든 이가 쉽게 가입할 수 있습니다. 새마을금고, 농협, 수협, 신협 등에 소정의 출자금을 내고(나중에 환급 가능) 준(準)조합원이나 조합원으로 가입하면 됩니다. 가입이 승인되면 예금이나 적금을 개설할 때 세금 우대를 선택할 수 있습니다.

그러므로 금융상품을 비교할 때 시중은행뿐만 아니라 눈여겨보아야 하는 곳들이 있습니다. 바로 새마을금고, 농협, 수협, 신협과 같은 금융기관입니다. 시중은행과 이 금융기관들의 금리가 같다면, 후자에 속하는 기관의 준조합원 내지는 조합원이 되는 것이 좋습니다. 세금 우대 혜택을 받아 예금을 개설하는 것이 실질 이자소득에서 유리하기 때문입니다.

네이버카페 : 월급쟁이 재테크 연구

세 번째 TIP은 예금, 적금 특판 상품에 가입하는 것입니다. 언제나 가입할 수 있는 금융상품은 상대적으로 금리가 낮습니다. 특별히 한정 기간을 두어 가입을 열어 두는 이벤트성 상품이 금리 등 조건이 더 좋은 경우가 잦기 때문입니다. 이러한 특판 상품은 정보를 빨리 취득하고 활용하는 것이 핵심입니다. 저는 '월급쟁이 재테크 연구'라는 네이버 카페를 통해 이러한 정보를 쉬이 찾고 있습니다. 금융상품별 특판 상품을 추천하는 게시글이 계속 올라오기에 좋습니다. 잘 활용하여 높은 금리를 제공하는 상품에 가입해 보길 바랍니다.

예금과 적금은 위험자산이 기록할지도 모르는 고수익과 비교하면 지루하게 느껴질 수 있습니다. 하지만 돈을 절대 잃지 않는 안정적인 상품입니다. 그러므로 경기 침체나 물가 하락으로 인한 화폐가치 상승에 유용한 매력이 있습니다. 특히 자본금이 적거나 단기간에 목돈을 사용해야 할 때, 투자처가 마땅하지 않으면 전략적으로도 활용하기 좋습니다.

포기는 배추를 셀 때나 하는 말

파킹통장과 금융 정책 상품을 활용하자

파킹통장이란 말을 들어 본 적이 있습니까? 파킹통장은 일반 예금 통장처럼 수시로 입금과 출금을 할 수 있는데 비교적 높은 금리를 제공하는 금융상품입니다. 주로 증권사 CMA, 은행권 MMDA, 저축은행이나 인터넷전문은행 등의 입출금 계좌를 찾아보면 높은 금리를 제공하는 것을 찾을 수 있습니다.

2024년 10월 기준 주요 파킹통장

구분	금융사	상품병	최고 금리(연)	주요 내용
1	OK저축은행	OK×토스플러스통장	8%	거치금액 30만 원까지 8%
2	OK저축은행	OK×피너츠공모파킹통장	7%	거치금액 50만 원까지 7%
3	OK저축은행	OK짠테크통장	7%	거치금액 50만 원까지 7%, 거치금액 1억 원까지 3.3%
4	JT저축은행	JT점프업Ⅱ저축예금	3.8%	거치금액 5백만 원 이하까지 3.8%(분당·광주점 대면 가입시), 거치금액 2천만 원까지(비대면 가입시) 3.4%, 거치금액 2천만 원까지(비대면 가입시) 3.4%

5	우리금융저축은행	첫번째 저축예금	3.7%	거치금액 5천만 원까지 3.7%
6	미래에셋증권	미래에셋증권 CMA-RP 네이버통장 (RP형)	3.55%	거치금액 1천만 원까지 3.55%, 거치금액 1천만 원 초과시 3%
7	OK저축은행	OK파킹플렉스 통장	3.5%	거치금액 5백만 원까지 3.5%, 거치금액 3억 원 이하까지 3%
8	애큐온저축은행	플러스자유예금	3.5%	거치금액 2천만 원까지 3.5%, 거치금액 2천만 원 초과시 3.3%
9	다올투자증권	CMA (RP형)	3.45%	
10	다올저축은행	Fi 자산관리통장	3.7%	3억원 미만시 2.6%, 3억원 이상시 3.7%

시중은행의 입출금 계좌는 금리가 거의 책정되지 않습니다. 그러므로 이자소득이 없다시피 합니다. 그러나 파킹통장은 1일만 예치해도 책정된 준수한 금리가 적용됩니다. 사회초년생이나 직장인, 자영업자 등과 관계없이 기간의 제약에 묶이지 않고 단기적으로 자금을 운용하기에 효과적입니다. 간편하여 사용하기 좋은 토스뱅크의 입출금 계좌 금리가 2024년 7월 기준으로 연 1.8% 수준입니다. 조금 더 찾아봤더니 KB저축은행은 3.3%, SBI사이다뱅크는 2.9%가 보입니다. 이처럼 다양하고 높은 금리를 제공하는 상품들이 있습니다. 여러모로 정보를 찾아 단기 자금을 잘 거치해 두시기를 바랍니다.

포기는 배추를 셀 때나 하는 말

청년도약계좌 상품구조

개인소득		본인 납입한도(월)	기여금 한도(월)
총급여 기준	종합소득 기준		
2,400만 원↓	1,600만 원↓	70만 원 이내	24,000원 (한도 : 40만 원의 6%)
3,600만 원↓	2,600만 원↓		23,000원 (한도 : 50만 원의 4.6%)
4,800만 원↓	3,600만 원↓		22,000원 (한도 : 60만 원의 3.7%)
6,000만 원↓	4,800만 원↓		21,000원 (한도 : 70만 원의 3%)
7,500만 원↓	6,300만 원↓		-

※ 매월 최대 70만 원 한도 내에서 '언제', '얼마나' 납입할지를 자유롭게 결정하는 상품. 중간에 납입이 없더라도 계좌는 유지되며 만기는 5년입니다.

다음으로 금융 정책 상품을 활용하길 권합니다. 정책 금융 상품이라는 것은 이 사회가 하나의 거대한 게임이라고 했을 때 적용되는 이벤트입니다. 대표적으로는 과거 종료한 '청년희망적금'과 현재 청년층이 가입할 수 있는 '청년도약계좌'가 있습니다. '청년도약계좌'의 경우 만기 5년(60개월) 동안 매월 70만 원 한도 내에서 자유롭게 낼 수 있습니다. 매월 최대 6%의 정부 기여금을 받고, 이자소득에 대해 비과세 혜택까지 있는 상품입니다. 19세~34세 이하에 총급여액이 7,500만 원 이하 등 요건에 해당하면 가입할 수 있습니다. 은행 이자와 비과세, 정부 기여금까지 겹겹이 제공되는 혜택이 다양합니다. 중장기적으로 자산을 마련하려 한다면 다른 것은 차차하고 우선 가입해 보길 권합니다. 장점이 많은 금융상품입니다.

청년 주택드림 청약통장·대출 개요

청약통장 가입조건 등		대출 지원 요건	
나이	만 19세 이상~34세 이하	나이	만 39세 이하 무주택자
소득	연 5,000만 원 이하 (10년간 적용)	소득	미혼 7,000만 원, 기혼 1억 원 이하
주택 유무	무주택자	대상 주택	분양가 6억 원 이하, 전용 85㎡ 이하
소득공제	연 300만 원의 40%	조건	최장 40년간 최저 2.2% 금리로 분양가 80%까지 대출, 청년 주택드림 청약통장 1년 이상 가입 및 납입액 1,000만 원 이상
금리	최대 연 4.5%		

※ 비과세 혜택은 조세특례제한법 제87조에 따른 아래의 요건을 충족한 가입자가 별도의 서류(이자소득 비과세용 무주택 확인서 등)를 은행에 가입 후 2년 내 제출하면 이자소득 비과세 혜택을 받을 수 있습니다.

또 혜택이 많은 정책 금융상품은 '청년드림청약통장'입니다. 출범 3개월 만에 가입자 105만 명이 가입한 현재 운용 중인 상품입니다. 기존 청약통장의 이자인 연 1%~2.4% 수준을 연 4.5%로 상향하고, 이자소득에 비과세합니다. 또한, 근로소득 7천만 원 이하 무주택자면 연 납입액의 40% 소득공제까지 제공합니다. 나중에 이 통장을 활용하여 청약에 당첨되었을 때 조건에 해당한다면 대출을 받기도 좋습니다. 2%대 저금리 대출이 연계되므로, 기존 제도보다 매우 유리한 상품이므로 꼭 활용하시길 권합니다.

포기는 배추를 셀 때나 하는 말

청년 소득공제 장기펀드 개요

가입대상	만 19세 이상~34세 이하 국내 거주자
소득기준	연 급여 5,000만 원 이하 또는 종합소득액 3,000만 원 이하
최대 납입금액	연 600만 원
소득공제	3년~5년
가입기간	최대 연 4.5%

※ 의무 가입기간이 존재하며, 펀드 상품이므로 원금 손실이 발생할 수 있습니다.

   다음은 소득수준이 조금 높다면 가입하면 좋을 '청년 소득공제 장기펀드'
입니다. 직전년도 근로소득 5천만 원이 넘지 않는 19세~34세 청년이라면
가입할 수 있습니다. 저도 소득수준이 크게 뛰어오르기 전 운 좋게 출시 시
기에 맞추어 가입했습니다. 연 600만 원까지 낼 수 있고, 납부 금액의 40%
인 240만 원까지 소득공제를 받습니다. 가입 중에 급여가 올라도 근로소
득 8,000만 원까지는 계속하여 소득공제가 적용됩니다. 그러므로 세율이
올라가는 소득상승 구간에 절세효과가 빛을 발합니다. 소득이 5천만 원 이
상인 구간부터는 26.4%의 세율이 책정되는데, 연 600만 원 납입으로 최대
63.3만 원까지 소득공제를 받는 셈입니다. 앞으로도 정책의 변화에 따라
이러한 금융상품은 생겼다가 없어지기를 반복할 것이니, 계속하여 관심을
두고 활용하기를 권합니다.

개인연금이 왜 필요할까?

앞서 개인재무관리를 이야기할 때 30세에 취업하면 약 20년간 일하다 50세에 은퇴함을 기재했습니다. 그리고 20년간 번 근로소득으로 은퇴 후 남은 인생 50년을 살아야 하는 현실을 적었습니다. 그런데 다수의 사람은 불확실한 미래를 걱정하고 대비하지 않습니다. 현재의 삶을 '노력해도 안 될 거야.'라며 비관적으로 보고 쉽게 소비하여 자산을 잘 모으지 못합니다. 일할 수 있는 나이보다 기대수명이 높은데도 그렇습니다.

몇 년 전만 하더라도 욜로(YOLO)라는 단어가 유행했습니다. 'You Only Live Once'이라는 뜻인데, 현재 자신의 행복을 가장 중시하고 소비하는 태도를 말합니다. 어차피 적은 소득을 모아 봐야 계층 간 사다리를 올라가기란 불가능해 보이니 포기하는 것입니다. 자산의 가격이 무섭게 뛰고 화폐 가치는 하락하니, 가진 돈을 다 써 버리자는 트렌드가 불었습니다.

오마카세, 호캉스, 명품 등을 소비하고 인스타그램 등 SNS에 자랑하던 욜로족들은 어느새 잘 보이지 않습니다. 적은 소득을 현재의 무의미한 가치에 소비하니 지속 가능한 삶을 이어가지 못합니다. 머잖아 이 트렌드는

포기는 배추를 셀 때나 하는 말

사라졌습니다. 그리고 어느새 요노(YONO) 'You Only Need One'이라는 흐름이 나타났습니다. '이것 하나만 있어도 충분하다.'라는 말입니다. 소비하지 않거나 극도로 지출을 줄이는 이들이 모여 서로를 응원하는 '거지방' 문화도 생겼습니다. 경기가 침체에 빠지고 실업률이 올라갈 때 이런 양상이 보입니다. 물가 상승과 비교하면 실질 소득은 낮아지는데, 구매력이 떨어짐에 따라 불확실한 미래를 대비하고자 하는 태도입니다.

이렇듯 불확실한 미래를 대비하기 위해서는 현재의 소비를 줄이고, 가진 자산을 키워 미래의 소비로 보내야 합니다.

연금의 종류

연금	내용
기초연금	65세 이상, 하위 70% 국민에게 지급
국민연금	노령연금, 유족연금, 장애연금
퇴직연금	회사 납입분, 개인이 추가 납입 가능(IRP)
개인연금	연금저축펀드, 연금저축보험, 연금저축신탁
기타연금	농지연금, 주택연금, 직역연금 등

노인이 되었을 때 생활비가 얼마나 필요할까요? KB금융그룹이 성인 3천 명을 대상으로 노인 적정 생활비가 얼마인지를 설문 조사했습니다. 그리고 월 369만 원 정도가 적정하다는 결과가 나왔습니다. 우리는 머잖아 다가올 은퇴를 맞이합니다. 그런데 '통계청 : 2023년 가계금융복지조사 결과'에 따

르면 60대 가구 중 생활비가 '여유 있다.'라고 답한 비중은 7.98%에 불과합니다. 사정이 이러하니 만 60세를 넘어도 일하는 가구가 80%에 달하는 현실입니다. 평균 수명은 계속 늘어나고 있습니다. '운이 나쁘면' 120세까지 산다는데, 준비되지 않은 노후는 재앙일 수 있습니다. 지금부터 미리 설계하고 실행하지 않으면, 노후 파산 내지는 노후 빈곤이란 최악의 상황을 맞닥뜨리게 됩니다.

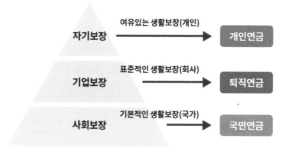

이런 무서운 은퇴를 맞이할 우리에게는 3단계의 연금 대책이 있습니다. 첫 번째는 국민연금입니다. 두 번째는 퇴직연금이고, 세 번째는 개인연금입니다. 이 대책들로 적정 생활비인 월 369만 원을 충당할 수 있을지 살펴봅시다.

첫 번째 국민연금을 보겠습니다. 가입자가 120개월 이상 연금보험료를 냈을 때만 65세 이후부터 평생 월 연금을 받을 수 있습니다. 그런데 2024년 3월 '국민연금공단 : 전국 국민연금 급여 지급 통계'를 살펴보면 국민연

포기는 배추를 셀 때나 하는 말

금 수급자는 전국에 663만 명인데, 1인당 월 지급액 평균이 58만 9천 원에 불과합니다. 이는 국민연금을 받지 못하는 대신에 일부 계층이 받는 직역연금과 비교해 보면 턱없이 적은 수준입니다. 공무원 연금이 약 250만 원, 사학연금이 290만 원, 군인연금이 277만 원인 것과 비교하면 더욱 체감됩니다. 적정 생활비 월 369만 원에서 58만 9천 원을 국민연금으로 충당한다고 가정했을 때 310만 원이 부족함을 알 수 있습니다.

두 번째 대책인 퇴직연금을 알아봅니다. 직장에서 근로하는 중에는 회사가 내 퇴직연금 계좌로 퇴직금을 적립해 줍니다. 문제는 중도에 퇴사를 자주 하는 경우입니다. 갑작스레 작은 목돈이 생기면 여행을 가거나 쉽게 소비하기 마련입니다. 금액이 미래를 준비할 정도로 크진 않기에 그렇습니다. 퇴직금을 받으면 그대로 IRP 계좌에 넣어 두는 경우가 적습니다. 문제는 이렇게 퇴사할 때마다 일정 규모 이상 적립금을 쌓아 두지 않는 경우가 많습니다. 적립액이 적으므로 퇴직 후 시간을 두어 연금으로 받을 동기도 약합니다. 실익도 없습니다. 그렇게 90%에 달하는 퇴직자가 퇴직금을 일시금으로 받고 있습니다.

'고용노동부 · 금융감독원 : 2023년도 퇴직연금 적립금 운용 현황 통계'를 보겠습니다. 퇴직연금을 받는 경우 평균 수령액은 1억 3,976만 원이라 합니다. 이를 30년간 나누어 받는다고 가정해 보면 얼마일까요? 대략 월 38만 8천 원을 받습니다. 우리는 앞서 적정 생활비로 월 369만 원이 필요함을 인지했습니다. 앞서 국민연금으로 58만 9천 원을 충당하였고, 퇴직연금으로 38만 8천 원을 보태었습니다. 이제 월 271만 3천 원이 더 필요합니다.

개인연금 소득 구간별 세액공제

연간소득 구간		세액공제		
총급여	종합소득금액	공제 한도 납입금액 (연금저축+IRP)	세액공제율	환급세액
5,500만 원 이하	4,500만 원 이하	900만 원	16.5%	최대 148.5만 원
5,500만 원 초과	4,500만 원 초과		13.2%	최대 118.8만 원

마지막 연금의 보루 개인연금입니다. 개인연금은 일반적으로 '연금저축 펀드'와 'IRP'라는 금융상품으로 준비합니다. 세액공제 혜택이 커서 두 상품을 합산하여 연 900만 원의 납입액까지 공제가 적용됩니다. 소득수준에 따라 다르지만, 보통 13.2%에서 16.5%를 환급해 줍니다. 연 900만 원의 납입액과 세액공제로 받는 16.5%의 환급금을 다시 재투자하며 개인연금을 준비할 때 월 수령액을 살펴봅니다.

28세에 연 1,048만 원(월 87만 원 수준으로 세액공제 한도인 900만 원을 12개월로 나눈 75만 원과 16.5%의 환급금을 나눈 12만 원)을 20년간 투자하고 연 7%의 수익률을 낸다고 가정합니다. 이때 연금 수령 개시는 만 60세이고, 30년에 걸쳐 수령한다고 계산해 보겠습니다.

연 7%의 수익률로 매월 87만 원씩 20년 동안 내면 60세의 시점에 무려

포기는 배추를 셀 때나 하는 말

10억 3천5백3십5만 원이 적립됩니다. 이를 30년간 나누면 매월 378만 원을 연금으로 받을 수 있습니다. 아까 살펴본 월 적정 생활비의 과부족액인 271만 원을 채우고도 약 100만 원이 여유롭습니다. 물론 기대수익률로 가정한 7%보다 낮은 상황이 생길 수도 있습니다.

그러나 취업을 28세가 아니라 조금 더 빨리할 경우라면 어떻겠습니까? 또는 은퇴가 50세가 아닌 60세 정도로 늦춰진다면 10년을 더 투자할 수 있습니다. 이 경우 수익률이 조금 낮다 하더라도, 납입 기한이 길기에 연금 수령액은 더 높겠습니다.

이렇듯 국민연금과 퇴직연금에 이어 개인연금을 지금부터 준비해 보길 바랍니다. 복리로 불어나는 효과에 의해 노후 파산과 빈곤을 대비하고, 여유로운 은퇴 후의 삶을 누릴 수 있습니다.

주의! 사회초년생 때 이것에 속지 말자

22세(만 21세)의 나이에 부사관으로 임관했습니다. 임관 후 무수한 '재무설계사', '보험사' 등에서 연락이 왔습니다. 임관자들의 개인정보 명단을 누가 팔아넘긴 게 아닌가 싶을 정도였습니다. 재무설계사는 사회에서 일하는 사람도 있었지만, 소위 '전역한 선배'라며 연락이 오는 경우도 많았고, 주위 사람들이 가입해 보라며 추천하기도 했습니다. 금융에 대해 잘 모를 때라 경제교육이란 명목으로 사람들의 연락이 오곤 했습니다. 군부대로 은행이나 보험사 등에 일한다고 칭하며 찾아오는 이들도 있었습니다. 그리하여 연락을 받고 아무것도 모르는 채 가입했던 상품이 있는데, 그것은 '변액유니버설 종신보험'이었습니다.

변액유니버설 종신보험은 낸 보험료 중 일부가 주식과 채권 등 금융상품에 투자됩니다. 이를 변액보험이라 합니다. 중도 인출, 추가납부, 보험료 납부 일시 정지 기능을 유니버설이라 합니다. 거기에 사망 시 사망보험금을 보장하는 종신보험이 합쳐진 것입니다. 언뜻 보기에는 여러 장점을 합친 보험상품인 것 같지만 함정이 존재합니다.

포기는 배추를 셀 때나 하는 말

해약 환급금 조회 현황 예시

상품명	○○변액유니버설종신보험
만기/납기	종신/30년납
가입연월	2010년 9월 (약 116회 납입)
월 불입액	약 18만 원
총납입액(실납입액)	20,425,763원
해지 환급금	5,453,540원
해지 환급률	26.69%

첫 번째 함정은 목적이 '사망 보장'이라는 것입니다. 사망을 대비하기 위해 만들어진 상품입니다. 그런데 설계사의 설명을 들어보면 이 상품을 통해 돈을 모으기 쉽다는 식으로 얘기합니다. 그래서 저축성 보험인 줄 알고 가입하는 사람이 많습니다.

종신보험은 많은 사업비를 지출하는 상품입니다. 사업비 안에는 보통 판매비와 일반관리비가 존재합니다. 신규 보험계약을 유치하기 위한 지출 비용(설계사 판매 수수료)과 보험계약의 관리와 자산운용에 지출되는 비용이 큽니다. 결국, 나의 사망을 내가 낸 납부금을 사용하여 대비하는 것입니다. 그러므로 저축과 투자를 생각하고, 사망에 대한 예상이 없다면 가입하기에 부적절합니다. 안전하게 돈을 모으기 위한 금융상품으로는 원금 회수가 가능한 예금과 적금이 좋습니다. 높은 수익률을 바란다면 펀드나 주식도 존재합니다. 즉, 보험의 본질은 위험을 대비하는 것입니다. 저축이나 투자성 금융상품보다 가입자에게 불리한 구조입니다. 보험에는 운용비용이 많다는 것을 기억해 두십시오.

두 번째 함정은 '변액'입니다. 내 보험료는 높은 사업비를 공제합니다. 그 다음 잔여 금액을 갖고 자산시장에 투자됩니다. 투자 시장은 이익을 볼 수도 있지만, 손실을 보게 될지도 모르는 구조입니다. 원금보전형 상품이 아닌 이상 언제든 투자 손실이 발생할 수 있습니다. 투자 위험이 항시 존재하기에 안정적인 수익을 생각하는 이에게는 적합하지 못합니다. 또한, 높은 사업비를 공제하므로 중도에 계약을 해지하면 보험사 배만 불리고 돈 몇 푼 건지지 못합니다.

마지막 함정은 '반사 효과'입니다. 설계사는 보통 유니버설의 대표적인 기능이라고 소개합니다. 중도 인출이 가능하고, 납부가 부담되면 정지할 수 있다며 장점을 홍보하는 식입니다. 이 부문은 은행의 입출금통장과 다르므로 가입자에게 불이익이 생길 수 있습니다.

<2021년 '금융감독원 : 유니버설 보험 가입 시 소비자 유의사항'>

1. 유니버설 보험은 은행의 수시 입출금 상품과 다르며, 중도 인출로 인해 보장금액 또는 보험기간이 감소할 수 있습니다.
2. 납부유예 지속 시 계약이 해지(실효)될 수 있고, 실효 후 부활 시 일시에 많은 금액을 내야 하거나 부활이 불가할 수 있습니다.
3. 추가납부 기능은 저축성 목적이 아닌 경우가 많으며, 추가납부 시에도 기본보험료보다 낮지만 수수료가 발생할 수 있습니다.

포기는 배추를 셀 때나 하는 말

4. 약관상 보험료 납입면제 사유가 될 때도 이전에 대체 납입된 보험료 등을 내야 불이익 없이 혜택을 받을 수 있습니다.

보험에 가입할 때 설계사는 이러한 유의사항을 설명하지 않습니다. 오히려 저축에 탁월한 효과가 있는 것처럼 가입을 권합니다. 현재 높은 금리가 제공되고, 복리 효과와 비과세 혜택이 있어 많은 돈을 모을 수 있다면서 말입니다.

실상은 높은 사업비 지출로 인해 투자 효과를 거두기는커녕 원금을 회복하는 것만도 수년이 걸릴 수 있습니다. 결과적으로 저축성 보험상품이 아닌 보장성 보험인 데다, 고수익을 기대하기 어렵습니다.

사회초년생 때에 이런 저축성 보험상품에 가입하라고 찾아오는 이를 주의하십시오. 당시 저를 비롯하여 주위 사람들도 이 상품의 설명에 홀려 가입했습니다. 이후 원금 보전은 고사하고 금액 대부분을 중도 해약 손실로 받아들이고 몇 푼 건지지 못한 사례가 비일비재(非一非再)합니다. 금융상품에 가입할 때는 신중히 내용과 약관을 꼼꼼히 살펴보길 바랍니다. 보험사는 자선단체가 아니라 기업입니다. 이러한 이해득실을 따져 가입하는 비판적 사고가 필요하겠습니다.

건전한 빚을 내고 관리하라

6

    아내와 강원도 영월군 주천에 있는 한 고깃집을 찾았습니다. 저녁 식사를 하던 중에 '빚'에 대한 이야기를 들었는데요. 근처에 앉은 사람들이 이야기하며 대체로 "대출은 없는 것이 좋다."면서 "나는 빚 없이 살아온 게 자랑스럽다."라는 말이 주류였습니다.

    저도 과거에는 내가 가진 돈은 많아야 좋고, 빚은 없는 것이 좋은 줄 알았습니다. 영화나 드라마를 보면 대출 보증을 잘못 서서 집안이 풍비박산이 났다는 이야기로 시작하는 경우가 많습니다. 또 인터넷 커뮤니티를 보면 잘못된 일 때문에 발생한 빚을 장기간에 걸쳐 다 갚았다는 인간 승리의 모습을 띤 게시글이 많은 추천을 받습니다. 그래서 '대출은 나쁜 것'이라는 착각에 관심을 전혀 두지 않은 적이 있습니다.

    그런데 대학에서 금융과 경제를 배우며 빚에 대한 인식을 달리하였습니다. 우리가 사는 국가는 시장경제를 채택했습니다. 다수의 나라가 자본주의를 선택하여 통치합니다. 자본주의에서 일어나는 경제 성장은 빚이 늘어나는 것이며, 시장경제는 신용으로 움직입니다. 그렇다면 왜 빚이 필요한

포기는 배추를 셀 때나 하는 말

지 알아보겠습니다.

전제를 들어 보겠습니다.

1. 어떤 국가에는 두 명의 경제적 주체만 살고 있습니다.
2. 한 명은 배를 만들어서 판매하는 조선공입니다. 다른 한 명은 낚시로 살
   아가는 어부입니다.
3. 이 국가에서는 아직 현금이 발행된 적이 없습니다. 현금은 오직 중앙은
   행에서만 발행할 수 있습니다.
4. 편리한 계산을 위해 금리는 10%라고 가정해 봅니다.

상황을 전개해 봅니다.

1. 조선공과 어부는 1년 뒤에 갚는다는 조건으로 중앙은행에서 각각 10,000원과 1,000원의 현금을 빌렸습니다.
2. 현금으로 조선공은 10,000원을 들여 배를 만들었습니다. 이를 어부에게 11,000원에 판매하기로 합니다.
3. 어부는 수중에 현금이 1,000원밖에 없습니다. 그렇기에 조선공에 10,000원에 달하는 채권(채무증서)을 발행하였습니다.
4. 1년 동안 어부는 배를 타고 열심히 고기를 잡으며 시중의 돈을 모으기로 합니다.

이러한 상황에서 시중에 풀린 돈은 한계가 있습니다.
조선공이나 어부는 둘 중 하나, 또는 때에 따라 모두 파산하게 됩니다.
두 가지 상황이 있습니다.

1. 조선공은 어부에게 받은 채권으로 중앙은행에 빌린 10,000원의 대출을 갚습니다. 조선공은 채권을 이용해서 어부에게 10,000원을 가져온다고 해 봅시다. 10%의 이율까지 현금 1,000원을 더해 11,000원을 채워 이제까지 갚을 수 있습니다. 그러나 어부는 중앙은행에 빚진 1,000원과 이자 100원을 갚지 못하고 파산하게 됩니다. 왜냐하면, 시중에 풀린 현금은 11,000원뿐이므로 어부는 아무리 열심히 일해도 현금을 구할 수 없기 때문입니다.
2. 다른 상황으로 조선공이 어부에게 일정량의 현금을 지급하고 물고기를 구매할 수가 있습니다. 이 경우 조선공과 어부 둘 다 파산에 이릅니다. 조선공은 현금으로 1,000원, 채권으로 10,000원을 벌어들인 상황입

포기는 배추를 셀 때나 하는 말

니다. 그 때문에 조금이라도 현금을 사용하는 순간 갚아야 할 11,000원을 채울 수 없어 파산에 이릅니다. 문제는 조선공이 어부에게 물고기를 사 주지 않으면, 어부도 현금이 없으므로 함께 파산한다는 것입니다.

이렇듯 두 경제적 주체가 한정된 서로의 돈을 가져와 빚을 갚지 못하면 함께 파산합니다. 그렇기에 시중에는 더 많은 현금이 필요합니다. 중앙은행은 빚의 만기가 도래하는 1년 전에 적정한 현금을 풀어야 합니다. 그래야 조선공과 어부 모두 파산에 이르지 않습니다. 그런데 시중에 푸는 현금도 공짜가 아니라는 점이 중요합니다. 일시적으로 초과하여 공급한 돈도 빚입니다. 이 채무를 상환해야 할 시점이 도래하면 또다시 돈이 필요합니다. 이 때문에 자본주의 세상에서는 현금과 물건이 풍부한 호황이 있습니다. 그리고 호황이 지나면 꼭 빚을 갚아야 하는 침체 내지는 하락기가 존재합니다.

이렇게 세상은 빚으로 가득하다는 점을 알아보았습니다. 자본주의 시스템이 그렇듯이 우리 개개인도 빚이 필요할 때가 있습니다. 미래에 발생할 것으로 예상하는 현금흐름을 지금 끌어와야 할 때가 그러합니다. 가령 주택을 구매한다거나, 결혼하는데 결혼자금이 모자라는 상황을 들 수 있습니다. 또는 가족이 갑자기 중한 병으로 입원하여 수중에 치료비가 모자랄 때도 그렇습니다.

저 역시도 빚을 내어 활용합니다. 대학이나 대학원에 다님으로 나의 가치를 크게 끌어올리는 데 돈이 필요합니다. 등록금이나 생활비가 필요하기 때문입니다. 필요한 돈을 한국장학재단을 통해 저리로 대출하였습니다. 또한, 주택 마련으로도 빚을 내었습니다. 청약에 당첨되면 마련해야 하는 돈이 있습니다. 중도금 대출이나 입주 시기에 필요한 잔금 대출이 그렇습니다. 이처럼 미래의 현금을 지금으로 가져오면 소정의 금리에 따른 이자가 발생합니다. 그러나 현재의 삶에 적절히 필요하게 사용함으로, 부가가치를 크게 높일 수 있습니다.

포기는 배추를 셀 때나 하는 말

금융권 분류

	제1금융권		제2금융권
장점	접근성이 좋다 다양한 금융상품 거래 가능 안전성이 높다 대출금리가 낮다	장점	쉽고 빠르게 대출 가능 대출 승인 조건이 비교적 낮다 예금 금리가 높다
단점	예금 금리가 낮다 대출 승인 조건이 까다롭다	단점	대출 금리가 높다 안전성이 다소 낮다
종류	**일반은행** 국민은행, 제일은행, 시티은행 신한은행, 우리은행, 하나은행 IM뱅크 **지방은행** BNK부산은행, 광주은행, BNK경남은행 전북은행, 제주은행 **인터넷은행** 토스은행, 케이뱅크, 카카오뱅크 **특수은행** NH농협은행, 수협은행, KDB산업은행, IBK기업은행, 한국수출입은행	종류	**비은행예금취급기관** 상호저축은행, 우체국예금, 종합금융사 신용협동기구(신용협동조합, 새마을금고, 상호금융) **금융투자업자** 투자매매중개업자(증권사, 선물사), 집합투자업자, 투자일임자문업자, 신탁업자 **보험회사** 생명보험회사, 손해보험회사, 우체국보험, 공제기관 **기타 금융기관** 금융지주회사, 여신전문금융회사, 벤처캐피탈회사, 증권금융회사

※ 이 외 ○○캐시, ○○머니 등은 대부업체·사채업체이며, 이용을 삼가야 합니다.

우리는 대출로 은행이나 증권사 등을 통해 현금을 빌리고 갚을 것을 약정합니다. 빚은 자의나 타의로 우리 삶에 필수 불가결입니다. 이럴 때 내게 알맞은 대출을 이용해야 합니다. 관련 정보를 비교함으로 금리가 저렴하고 신용등급 하락이 적은 상품을 찾아야 합니다. 이렇게 목적에 적합한 빚을 내는 것이 중요하겠습니다. 대출이 필요할 때는 아래 금융권 분류를 참고하여 1금융권에서 실행하는 것이 좋습니다. 삼가야 할 것은 집 근처나 유흥가에 흩뿌려진 전반에 적힌 불법 대부업체나 카드깡 등입니다. 소액 급전이 필요하다 하여 대출 문턱이 턱없이 낮은 대부업의 돈은 절대 이용을 삼가야 합니다. 상대적으로 금리가 높으며 불법 채권추심을 하거나, 신용등급이 크게 하락할 우려가 있기 때문입니다.

포기는 배추를 셀 때나 하는 말

임대주택에 들어가는 방법

임대주택이란 정부 또는 민간기업이 건축하거나 매입하여 필요한 이에게 빌려주는 방식으로 운영하는 제도입니다. 임대주택의 종류는 아래처럼 무수히 많습니다.

임대주택 종류별 뜻과 공급 주체

	공급 주체	임대 기간	규모(전용 면적)
통합공공임대	국가, 지방자치단체, 한국토지주택공사, 지역별 도시공사	30년	85㎡ 이하
	국가나 지방자치단체의 재정이나, 주택도시기금의 지원을 받아 사회취약계층 등의 주거안정을 목적으로 공급하는 임대주택		

	공급 주체	임대 기간	규모(전용 면적)
영구임대 및 50년 공공임대	국가, 지방자치단체, 한국토지주택공사, 지역별 도시공사	영구	40㎡ 이하
		50년	60㎡ 이하
	생계급여 또는 의료급여 수급자, 국가유공자, 일본군위안부 피해자, 한부모 가족 등 사회보호계층의 주거안정을 목적으로 건설된 임대주택		

	공급 주체	임대 기간	규모(전용 면적)
국민임대	국가, 지방자치단체, 한국토지주택공사, 지역별 도시공사	30년	85㎡ 이하
	무주택 저소득층의 주거안정을 도모하기 위해 국가재정과 국민주택기금을 지원받아 건설·공급하는 임대주택		

		공급 주체	임대 기간	규모(전용 면적)
장기전세		국가, 지방자치단체, 한국토지주택공사, 지역별 도시공사	20년	85㎡ 이하
		임대할 목적으로 건설하는 주택으로, 20년의 범위에서 전세계약의 방식으로 공급하는 임대주택		
매입임대		공급 주체	임대 기간	규모(전용 면적)
		지방자치단체, 한국토지주택공사	20년	85㎡ 이하
		저소득층 주거안정을 위한 사회복지적 성격의 임대주택, 정부재정보조를 받아 도심 내 최저소득층이 현 생활권에서 안정적으로 거주하도록 목표함. 다가구주택 등 기존주택을 매입하여 시중 전세가의 30% 수준으로 저렴하게 공급하는 임대주택		
5년·10년·공공임대		공급 주체	임대 기간	규모(전용 면적)
		한국토지주택공사, 지역별 도시공사, 민간업체	5년·10년	85㎡ 이하
		임대의무기간(5년·10년)동안 임대 후, 분양전환하는 임대주택		
전세임대		공급 주체	임대 기간	규모(전용 면적)
		지방자치단체, 한국토지주택공사	20년	85㎡ 이하
		도심 내 최저소득계층이 현 생활권에서 거주할 수 있도록 기존주택에 대해 전세계약을 체결한 후 저렴하게 재임대하는 사업		
행복주택		공급 주체	임대 기간	규모(전용 면적)
		국가, 지방자치단체, 한국토지주택공사, 지역별 도시공사	6년·30년 등 (입주계층에 따라 거주기간 상이)	60㎡ 이하
		대학생, 신혼부부, 청년 등을 위해 직장과 학교가 가까운 곳이나, 대중교통이 편리한 곳에 짓는 임대료가 저렴한 공공임대주택		

아동복지시설 등을 나온 자립준비청년은 한국토지주택공사의 연계를 받아 6년 정도 임대주택에 거주할 수 있습니다. 그런데 일반인이나 이후 임대주택이 필요한 이들은 어떻게 지원하고 입주할 수 있을까요? 임대주택 입성을 위한 양질의 정보를 찾는 데에 두 가지 플랫폼을 추천합니다.

포기는 배추를 셀 때나 하는 말

마이홈

첫 번째는 '마이홈'입니다. '마이홈' 사이트나 앱에 접속하면 주거복지와 관련한 주요 정책을 찾아볼 수 있습니다. 임대주택 소개, 공공분양, 주택금융, 주거급여, 기타 지원 등입니다. 무엇보다 자가 진단 기능을 통해 내 상황을 입력하면 유용합니다. 신청할 수 있는 주택 유형이 표기되어 알맞은 임대주택에 지원할 수 있습니다.

내집다오

두 번째는 '내집다오'입니다. '내집다오' 앱에서는 모집공고와 계획, 신규 입주 단지 등을 쉬이 찾을 수 있습니다. 내가 원하는 지역을 설정하고, 변동되는 공고 정보를 파악하기가 매우 쉽습니다. 그뿐만 아니라 금융 메뉴를 통해 내 조건에 맞는 대출을 찾아볼 수 있습니다. 수중에 가진 돈과 빌릴 대출금액을 합쳐 임대주택 지원 계획을 세우는 데 도움이 됩니다. 위 두 가지 방법 외에도 '청약홈'을 통해서도 임대주택과 관련한 정보를 취득할 수 있고, 지원해 볼 수 있습니다.

　임대주택으로 사는 사람을 비난하거나 놀리는 행위가 종종 보입니다. LH에 거주하면 '엘사'라고 부르고, 휴먼시아에 거주하면 '휴거' 등으로 부르는 식입니다. 그러나 형편에 맞추어 최선의 주거 방법을 알아보고 지원하여 거주하는 것은 매우 좋은 행동입니다. 주거비가 크게 경감되고, 주거에 대한 고민이 얼마간 없어지기 때문입니다. 이는 현재의 삶에 집중하며 미래를 개척해 나갈 수 있는 기반이 됩니다. 저 역시도 소득이 낮을 때 국민임대에 들어갔고, 5년간 낮은 임대료를 낸 덕택에 여유 자산을 운용하며 미래를 준비했습니다.

　또한, '경기도 저소득층 이자지원사업' 등 임대주택에 거주하는 이들을 위한 지자체별 금융지원 정책 제도도 잘 마련되어 있습니다. 이를 활용하면 이자를 거의 내지 않거나 없는 수준에서 적은 돈으로 주거 기반을 마련할 수 있습니다. 그러므로 주위의 시선을 의식하지 말고 모쪼록 '마이홈', '내집다오', '청약홈' 등을 통해 임대주택 입성에 골인해 보시면 좋겠습니다.

포기는 배추를 셀 때나 하는 말

주택청약으로 내 집 마련해 볼까?

내 집 마련이란 생각을 할 때 누구나 매매를 떠올릴 법합니다. 그런데 저는 결혼을 준비하며 내 집 마련이란 확고한 목표를 세웠을 때 청약을 떠올렸습니다. 그 이유는 크게 분양가상한제, 신축이란 장점, 그리고 특별공급 신설이었습니다. 제가 주택에 관심 가졌던 때인 2021년 2월부터 6월은 2개월 단위로 서울 아파트 중위가격이 1억씩 오르던 때였습니다. 2월에 8억, 4월에 9억, 6월에 10억을 보이며 미친 듯한 상승을 보였습니다. 시간이 흘러 2024년 여름을 기준으로 서울 아파트 평균 매매가격은 12억에 달합니다. 말 그대로 주택을 마련하지 않고 가만히 있던 사람은 부동산이란 자산을 소유하지 못했다는 이유로 벼락 거지가 되었습니다.

주택 가격이 계속하여 상승할 경우 시장에는 공포 매수(패닉 바잉) 열풍이 일어납니다. 그렇다면 저는 왜 부동산 시장을 계속하여 주시하고 있었는데, 이 열풍에 동참하지 않았을까요? 정답은 안 한 것이 아니라 돈이 없어 못 한 것이었습니다. 당시 투기과열지구로 지정된 핵심 입지는 집값의 40%만 대출이 나왔습니다. 잔여 60%에 달하는 현금이 없어 매수할 수 없었습니다. 이러한 일련의 이유로 저는 청약을 선택했습니다.

출처: 아동권리보장원

2020년 9월에 생애최초 특별공급 지원 자격이 확대되었습니다. 이 개편 사항을 보고 2020년 10월에 결혼했습니다. 평생을 함께해도 좋겠다고 생각한 당시 연인인 지금의 배우자에게 말했습니다. "집을 매수할 수 있는 상황이 아니니, 청약을 통해 집을 마련하자."라고 말입니다. 목표를 합치하였기에, 스튜디오·드레스·메이크업과 결혼을 작게 진행했습니다. 그리하여 적은 돈이나마 흑자로 행사를 마쳤고, 이는 모두 청약 당첨 시 계약금의 재원으로 활용했습니다.

그렇다면 생애최초 특별공급 자격 확대가 무엇이었기에 결혼까지 하면서 내 집 마련을 준비했을까요? 바로 가점을 따지지 않고 100% 추첨으로

포기는 배추를 셀 때나 하는 말

만 선발한다는 것이었습니다. 그렇기에 가능성을 보았습니다. 운이 좋다면 한 번의 지원으로 당첨될 수도 있었기 때문입니다. 본래는 공공분양에만 있던 제도였으나, 민간 청약으로도 공급하는 물량의 7%에서 15%까지 확대되었습니다. 또한, 공공분양에 할당된 물량도 20%에서 25%로 증가하였습니다. 이러면 아파트 100세대를 공급한다고 가정했을 때 25세대가 생애최초 특별공급으로 할당된다는 것입니다. 꽤 높은 비율을 차지하기에 가능성이 있다고 판단했습니다. 그래서 가점이 필요 없는 생애최초 특별공급과 일반 1순위 중 추첨제 물량이 있는 것을 찾아 지원하기 시작했습니다. 가점이 18점이 불과한 저가점자였으므로, 가점제는 승산이 없었기 때문입니다.

청약을 선택했던 또 다른 이유는 분양가상한제였습니다. 지금은 축소되었으나 2020년 7월 29일에는 민간 분양에도 분양가 상한제가 적용되기 시작했습니다. 이 제도가 무엇이냐 하면, 새로 아파트를 지어 공급할 때 주변 시세보다 저렴한 가격으로 분양하라는 것입니다. 2021년 동탄역 대방디에트르, 2024년 래미안 원펜타스같이 주변 시세와 비교하면 반값에 불과하거나 이에 못 미치는 저렴한 가격으로 신축 아파트가 공급됩니다. 저렴하기에 자금을 마련하기도 쉽습니다. 매매하는 것에 비하여 부동산 하락기나 조정장이 와도 매수 가격이 낮아 심리적 압박이 덜합니다. 이러한 배경에서 로또 청약이란 말이 나왔습니다.

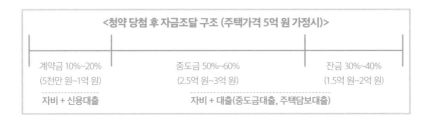

>청약 당첨 후 자금조달 구조 (주택가격 5억 원 가정시)<

신축으로 들어갈 수 있는 청약제도가 자금을 마련하기에 얼마나 쉬운지 보겠습니다. 분양가는 일반적으로 계약금 10%~20%, 중도금 50%~60%, 잔금 30%~40% 선으로 구성됩니다. 5억 원이 분양가인데 계약금 조건이 10%인 경우 5천만 원만 있어도 분양계약을 체결할 수 있습니다. 분양가상 한제 적용을 받는 단지라서 주변 시세보다 저렴한 경우라면 더 좋습니다. 건설 기간에 내는 중도금을 대출로 해결하고, 입주 시기에 주택담보대출을 시세에 맞추어 일으키면 입주가 가능합니다. 그럼, 결국 5억짜리 아파트를 나의 현금 5천만 원을 들여 등기를 칠 수 있는 조건을 달성하는 것입니다. 아파트 시세에 따라 몇억 원의 시세차익은 덤이겠습니다. 이렇듯 여러모로 자금 마련도 쉽고 장점이 많기에 청약을 준비했습니다.

현재도 "주택청약 제도를 이용하여 내 집을 마련할 수 있습니까?"라고 누군가 제게 묻는다면, 답은 "그렇습니다."입니다.

현재도 일반공급에 면적별로 다르나 추첨제 물량이 할당되어 있습니다.

178   포기는 배추를 셀 때나 하는 말

생애최초 특별공급도 조금은 바뀌었으나 추첨제가 여전히 시행 중입니다. 가점이 낮다면 이러한 추첨제 물량이 어디에 얼마만큼 할당되는지를 파악하고 지원하면 됩니다. 만약 신혼부부라면 뉴홈(옛 신혼희망타운)과 같이 정부에서 정책으로 공급하는 주택을 찾아 지원하는 것도 방법입니다.

청약제도를 공부하는 방법을 추천하자면, 네이버 카페 '내집장만아카데미'와 '내집마련스쿨' 그리고 청약공고문을 분석하여 설명해 주는 여러 유튜버입니다. 부동산 관련 정보를 쉬이 취득하고, 주요 청약 단지들이 네이버 카페에 공지 게시글로 올라오니 습득하고 소통하기 좋습니다. 유튜버 '부동산 읽어주는 남자'가 출간한 서적을 비롯하여 읽어 보기를 바랍니다. 이 외에도 부동산 청약과 관련한 서적을 사서 천천히 일독, 회독해 보는 것도 내공 향상에 큰 도움이 되겠습니다.

먼저 찾아 도전하는 자에게 복이 있습니다. 추첨제로 계속하여 지원하다 보니 별 경험이 많았습니다. 검단신도시의 한 아파트에 예비 당첨이란 문자가 날아왔었습니다. 검단까지 시간을 내어 달려갔고, 순번이 오면 동과 호수가 적힌 공을 뽑을 수 있었습니다. 이 예비번호 추첨에 문턱까지 밟았다가 앞에서 끊겨 집에 귀가했던 적도 있습니다.

이 외에도 '하남 위례신도시 3-3블록'부터 '덕은 호반써밋'까지 28개 단지에 청약을 지원했습니다. 계속하여 탈락하거나 우주 예비를 받거나, 문턱까지 갔다가 떨어졌어도 포기하지 않았습니다. 이렇게 무수한 탈락에 기대도 안 할 무렵인 청약 도전 8~9개월 만에 당첨을 맛보았습니다. 29번째 청약으로 넣은 '동탄역 금강펜테리움 더 시글로'에 생애최초 특별공급으로 당첨된 것입니다.

저가점자이므로 추첨제를 활용하기에 운이 좋다면 바로 당첨될 수도 있습니다. 그러나 통상적으로는 무수한 탈락 끝에 당첨을 맛보게 됩니다. 제 사례를 보아 꾸준히 도전하는 자에게 복이 있다는 말을 전하고 싶습니다. 기대가 클수록 낙첨했을 때 실망감이 큽니다. 낙담하고 정신력이 흔들릴 수 있습니다. 꾸준한 도전을 위해 단단히 정신을 붙잡길 바랍니다. 그 정신을 유지하기 위해 큰 기대를 하지 않고 담담하게 그리고 꾸준하게 도전하는 것이 좋습니다. 그리고 현실과 어느 정도 타협하는 것이 좋습니다. 다소 참작할 수 있는 위치에 있는 입지, 비인기 평면까지 지원하는 등 선택의 범위를 너그러이 넓히다 보면 곧 당첨이 가까워지겠습니다.

포기는 배추를 셀 때나 하는 말

26세로 청약을 통해 내 집을 마련해 또래들보다 수년을 앞섰습니다. 자가 마련이란 스트레스를 받을 일이 사라졌습니다. 당첨되면 도파민이 샘솟고 웃음이 떠나지 않으며 일상이 바뀝니다. 그러니 나이가 어리다고, 가진 돈이 적다는 이유로 포기하지 마십시오. 자격부터 충족하기 위한 준비를 실행한 다음 꾸준히 청약제도를 찾아 도전하여 내 집 마련에 성공하길 바랍니다. 앞으로도 주택 공급은 계속될 것입니다. 3기 신도시나 그린벨트 부지를 해제하고 주택을 공급하는 정책을 비롯하여 기회가 계속 있습니다. 절대 포기하지 마십시오.

내 집 마련, 당첨되어 내 집을 소유하게 된다는 것은 큰 기쁨과 마음의 안정이 주어집니다. 그리고 이에 따라오는 여유를 느낄 수 있습니다. 부동산과 청약을 공부하며 알면 알수록 내 집 마련에 대한 답이 보이지 않는 것 같고, 너무나 어려워 보일 수 있습니다. 그런 불안감과 스트레스는 당첨과 계약할 때 모두 씻겨 내려가므로 힘내라는 응원을 드립니다.

알차게 보험 준비하기

얼마 전에 보험설계사의 문자를 받았습니다. 왜 메시지가 온 것인지 확인해 보았는데, 토스 앱에서 내 보험을 확인하는 절차를 진행했더니 연락이 온 것이었습니다. 보험 조회 과정에 설계사가 연락이 오는 동의를 눌렀었나 봅니다. 그렇게 설계사가 현재 가입한 보험의 상태를 분석하고 메시지를 보낸 것이었습니다.

설계자가 기재한 의견은 다음과 같았습니다. '설계사들이 봐도 인정할 만큼 종합보험, 실비 등은 잘 되어있습니다.', '보험료도 아주 적정한 수준입니다.' 등입니다. 보험에 가입할 때 직접 이것저것 알아보고 꼼꼼하게 들어두었습니다. 시간이 흘러 연락이 온 이가 다른 설계사가 봐도 칭찬할 정도라니, 잘 준비해 둔 것 같아 뿌듯한 마음이 들었습니다.

보험은 '상법 제638조'에서 볼 수 있듯이 '당사자 일방이 약정한 보험료를 지급하고, 재산 또는 생명이나 신체에 불확정한 사고가 발생할 경우'에 상대방이 일정한 보험금이나 그 밖의 급여를 지급할 것을 약정하는 것입니다. 즉, 보험상품을 구매해 둔 사람은 장래의 우연한 사고로 인한 경제적

포기는 배추를 셀 때나 하는 말

손실에 대비할 수 있습니다.

보험은 공적 보험과 사적 보험으로 나뉘는데, 여기서 짚어보고자 하는 주제는 사적 분류입니다. 거기서도 살면서 생기는 각종 손해를 대비하는 손해보험을 어떻게 현명하게 준비할 수 있는가를 얘기해 보고자 합니다.

가끔 드라마나 뉴스거리를 통해 옛날에 가입한 보장성 보험을 해지하지 말고 들고 있으라는 얘기를 종종 접할 수 있습니다. 대체로 보험료가 저렴하면서 보장해 주는 범위가 넓어 그러합니다. 그런데 무조건 유지하는 것이 정답이 아닐 수 있습니다. 화폐가치 때문입니다. 당시에 조건이 좋았다고 하여도 만약 30년째 들고 있는 경우라면, 계속된 화폐가치 하락 때문에 금액이 충분히 보장되는지를 확인해 볼 필요가 있습니다.

그러나 금액 보장이 지금도 괜찮은 수준이라면 가입을 유지하는 것이 좋습니다. 대체로 보험상품은 시간이 지나며 가입자에게 불리한 구조로 가는 듯 체감되기 때문입니다. 대표적인 사례로 얼마 전까지 30대 성인도 가입할 수 있었던 어린이보험이 15세로 격하되었습니다. 어린이보험은 성인의 보장성보험에 비해 납부 금액이 적고 보장하는 범위가 넓었습니다. 이제 성인은 성인 플랜에 의한 보험계약 가입이 가능하다는 점과 유사 암 진단에 대한 보장금액이 적어지는 등 아쉬운 부분이 많습니다. 하루빨리 건강할 때 좋은 보험상품에 가입하는 것을 추천하며, 어떤 보험이 필요한지 알아봅니다.

손해보험 중 꼭 필요한 보험은 실비보험입니다. 실손의료비 보험은 월 납부금이 대체로 1만 원에서 2만 원 수준으로 저렴합니다. 그런데 상해 또는 질병에 의한 입원비, 도수치료, 체외충격파 치료, 증식치료, 비급여 주사료, 통원 의료비 및 처방 조제까지 보장해 주는 범위가 정말 넓습니다. 실제 발생한 비용을 보전해 주는 성격입니다. 예기치 않게 큰 의료비용이란 비가 내릴 때 이를 막을 든든한 우산의 역할을 해 줍니다. 그러므로 몸 어디가 아파지기 이전인 건강한 상태에 실비보험에 가입해 두어 미래를 대비하는 것이 좋습니다.

그다음으로 준비해야 할 것은 보장성 보험입니다. 저는 어린이보험의 가입이 닫히기 전에 농협의 'NH가성비굿플러스 어린이보험'과 메리츠의 '내 맘같은 어린이보험 2002'를 들어 두었습니다. 월 납부금은 13만 원 수준입니다. 암 진단, 뇌혈관, 허혈성, 유사 암 및 각종 수술비와 후유장해까지 든든히 보장을 준비해 두었습니다. 보장성 보험에 가입하고 나서 아프지 않으면 좋겠으나 때때로 수술할 일이 발생했습니다. 피부밑에 지방종이 생기기도 하였고, 귀 뒤에는 피지낭종이 원인 모르게 발생하곤 했습니다. 시술로 생각할 정도로 가벼운 치료라 생각했는데, 수술로 분류되었습니다. 수술로 분류된 덕에 가벼운 1회 치료당 80만 원에서 100만 원의 보험료를 환급받곤 했습니다. 지금까지 서너 차례 받았는데, 그때마다 가입해 두길 정말 잘했다는 생각이 들었습니다.

포기는 배추를 셀 때나 하는 말

보험은 야속하게도 가장 건강할 때 가입해야 낮은 금액과 넓은 보장 범위를 보장받습니다. 췌장염을 두 차례 앓았던 덕분에 다른 보험사에서 보장성 보험 가입을 거절당한 적이 있습니다. 다른 보험사는 가입을 승인하되 3년간 췌장에서 발생하는 문제는 보장해 주지 않는다는 조건을 걸었습니다. 감지덕지하며 계약을 체결한 기억이 납니다. 사회초년생 시기에 월마다 정기적으로 빠져나가는 보험료가 조금 부담스러울 수 있습니다. 그러나 가장 건강할 때 좋은 조건으로 보장성 보험을 들어둘 수 있음을 유념하기를 바랍니다.

보험에 가입할 때, 보험사는 비가 오면 우산을 거두어들이고, 해가 뜨면 우산을 빌려주는 모양새를 보입니다.

세 번째 가입을 추천하는 보험은 운전자보험입니다. 일터나 일상에서 운전하지 않는다면 가입할 일이 없다고 생각할 수 있습니다. 그런데 직접 운전은 하지 않더라도 함께 타는 일이 많다면 가입을 고려해 볼만합니다. 운전자보험은 자동차 사고 성형수술부터 사망, 후유장해, 각종 벌금과 변호사 선임, 치아 등을 보장해 줍니다.

특히 과거에는 자부상치료비라는 소위 '자부치' 14급을 최대 70만 원까지 보장하는 보험도 있었습니다. 자부상치료비 14급은 단순한 교통사고로 인한 가벼운 찰과상이나 타박상, 염좌만으로도 보험료가 지급됩니다. 접촉

사고만 나도 보장받을 수 있으므로 생각보다 자잘하게 발생하는 교통사고에 보장받기 좋았습니다. 지금은 그 한도가 30만 원 수준으로 줄었으나, 저와 배우자는 축소되기 이전에 각 50만 원으로 가입해 두었습니다. 배우자의 경우 보험 가입 이후 4번의 교통사고가 발생하였고, 제 경우도 2차례 교통사고가 발생하여 그때마다 큰 힘이자 위안이 되었습니다. 모쪼록 직접 운전이나 동승자로 탑승하는 경우가 많다면 자부상치료비를 든든히 들어두기를 추천합니다.

나를 표현할 자기소개서 작성 TIP

자기소개서(自己紹介書)는 자기를 소개하는 글을 말합니다. 지금은 대학교 입학에 거의 자기소개서를 요구하지 않지만, 일부 학교는 면접 기술서 등의 이름으로 바꾸어 작성을 요구합니다. 대학 외에도 취업 문을 두드릴 때 자기소개서가 필요하며, 아르바이트에 지원하는 때도 이력서와 함께 사실상 같이 곁들이는 문서입니다.

보통 자기소개서를 '자소서'로 줄여 부릅니다. 이 문서 안에 내가 살아온 생애와 문제의식, 가치관, 삶의 태도 등을 어필하게 됩니다. 해당 회사 또는 대학에서 '요구하는 인재상을 얼마나 충족시킬 수 있는가?'를 구체적으로 보여 줄 수 있는 가장 좋은 무기입니다. 최근 들어 점점 그 중요성이 커지고 있습니다. 특목고, 자사고, 특성화고 등의 고등학교 입학에서부터 자소서로 머리를 싸매는 것이 그 예입니다.

경쟁력과 변별력을 갖도록 자기소개서를 잘 쓸 수 있는 15개 TIP을 공유해 보겠습니다.

소제목이나 각 문단 시작할 때 띄어쓰기를 넣는다

자기소개서 전체를 읽는 면접관이나 심사관은 거의 없습니다. 대부분 앞 첫 줄을 읽어 보아 흥미가 있으면 더 읽어 보는 식이고, 흥미가 없으면 더 읽지 않는 이가 대다수입니다. 그러므로 소제목을 넣어 '이 글에서 주장하고자 하는 것은 이것'임을 명확히 한 줄로 표현해 보십시오. 심사관이나 면접관의 눈길을 사로잡을 방법입니다.

각 문단의 앞부분에 띄어쓰기를 넣지 않으면 글이 계속하여 이어지는 느낌을 받습니다. 보통 문단마다 주장하려는 중심 내용이 있습니다. 문단을 분리하지 않으면, '어디서부터 어디까지가 무엇에 관한 주장인지'를 명확히 식별하기가 어렵습니다. 그러므로 중심 내용을 바꾸거나 글이 늘어질 때는 첫 줄에 띄어쓰기를 넣어 문단을 바꾸어 줍니다.

끝맺음이 늘어지지 않도록 주의한다

대학교 입학에 입학사정관제라 하여 자기소개서를 요구하던 시절이 얼마 전까지만 해도 있었습니다. (특정 전형에 대해서는 수년 내 자기소개서가 다시 필요할 예정)그 시기에 무수한 사람의 자기소개서를 보았습니다. 그리고 부족한 점을 짚어 보완할 것을 주문했습니다. 다수에게 보이는 자기소개서에 아쉬운 점은 글의 끝맺음을 늘어뜨리는 것이었습니다.

'~할 수 있다고 생각해 보았습니다.', '~그럴 수도 있겠다는 생각이 들었습니다.', '할 수 있다는', '할 수 있도록 하였습니다.' 같은 예도 있습니다.

　　　　　　　　　　포기는 배추를 셀 때나 하는 말

이를 보완하면 '하였습니다.', '했습니다.', '진행했습니다.', '마쳤습니다.', '확신합니다.', '떠올렸습니다.'처럼 간결하게 종결할 수 있습니다. 문장을 길게 늘어뜨리는 경우 불필요한 글자가 늘어납니다. 읽는 사람은 집중하여 보기 어렵습니다. 또한, 글자 수 제한이 있다면, 이를 충족하려는 시도로 해석될 우려가 있습니다.

문장 내 중복으로 단어나 연결어를 기재하지 않는다

이 부분이 생각보다 지원자의 글솜씨나 수준을 판단하는데 좋은 지표가 됩니다. 평소 책을 많이 읽으면 다양한 어휘를 사용할 수 있습니다. 그렇지 않으면 일부 표현만을 활용하기 때문입니다. 일부 표현만 반복하여 사용하는 경우 글의 완성도가 저조합니다.

예를 들어봅니다. '마케팅 분야에 관심을 두어 전시컨벤션 센터를 찾아 행사가 어떻게 진행되는지 체험해 보았고, ○○회사 마케팅 부서를 체험하는 기회를 가져 3일간 마케팅 분야에 대한 실무를 체험해 보는 등 많은 체험으로 마케팅을 직접 배워 왔습니다.'

윗글을 보며 '체험'과 '마케팅'이 몇 번이나 반복되는지 세어보십시오. 앞 부문에 마케팅에 관심을 두었다고 밝혔으므로 계속하여 이를 언급할 필요가 없습니다. 체험이란 표현도 자주 반복됩니다. 체험의 경우는 인턴십이나 참여 등으로 다채로이 구성하면 한결 좋겠습니다.

이 외에도 연결어를 반복하는 행위도 미흡하게 비추어집니다. 예를 들어

'~하여' 어찌고저찌고 '~하여'로 글을 잇는 모습입니다. '~고', '~므로', '~기에', '~이며' 등 다양한 연결어를 통해 매끄러운 글로 지어 보길 바랍니다. 문어체로 기술했다고 하더라도 글을 읽어 보면 좋습니다. 글이 부드럽고 자연스럽게 설명되는지, 잘 이어지는지를 살펴볼 수 있습니다.

수동적 표현을 가능한 쓰지 않는다

흔히 글을 적다 보면 '~되었습니다.', '~되다.', '~얻다.'를 쓰는 경우가 많습니다. 그런데 이는 좋지 못한 습관입니다. 자기소개서에 적는 강점은 대부분 노력하여 성취해 낸 것입니다. 즉 어쩌다 얻어걸리거나 현상의 변화로 주어진 것이 아닙니다. 그러므로 위와 같은 수동적 표현보다는 '~하다.', '~하였습니다.', '~달성하다.', '~이루다.', '~실현하다.'라는 식의 적극적인 표현 위주로 사용함이 좋습니다.

자기 자신을 지칭하지 않는다

자기소개서는 말 그대로 '자신'을 소개하는 문서입니다. 글 주제에 이미 나를 설명한다고 쓰여 있습니다. 남의 소개서는 당연히 아닌 셈입니다. 그러므로 '저는', '저의', '제가', '나', '나의', '나는', '저희' 등 자기 자신을 지칭하는 표현은 뺄수록 좋습니다.

포기는 배추를 셀 때나 하는 말

될 수 있으면 우리말 위주로 사용한다

'판교어'라는 얘기를 들어 본 적 있습니까? 대화할 때 중간중간 영어를 계속 집어넣어 한국어인지 외국어인지가 분간이 안 될 정도의 언어를 말합니다. 몇 가지 알아보자면, '린하게'는 군더더기 없는 일 처리를 말합니다. '펀딩감'은 조직 내 인정받는 사람을 뜻합니다. 'MVP'는 최소 기능을 갖춘 제품을 칭하는 식입니다.

자기소개서에는 이런 외국어와 외래어, 함축된 표현 등은 모두 빼고 올바른 국어로 기술해야 합니다. 적다 보면 '트렌드', '테스트', '패키지', '노트', '커리큘럼', '비전' 등을 쉬이 기술할 수 있습니다. 이런 단어나 표현은 국어로 기술이 가능한 경우라면, 우리말을 우선하여 사용하도록 합시다.

간결하고 읽기 쉬운 연결어로 대체한다

'~하면서', '~서', '~으로써' 등은 '~하며', '~으로', '~이에' 같은 말로 대체하는 것이 훨씬 간결하고 읽기 쉽습니다. 글을 검토해 보면 '~서'를 빼도 잘 읽히는 경우가 많아 불필요하게 기재할 필요가 없습니다.

매끄럽게 연결한다

문장이나 표현을 연결할 때 '및'이나 '반점'보다는 '와', '과', '으로', '~며' 위주의 연결을 활용함이 매끄러운 글을 만듭니다. 글에 '및'이나 '반점'을 많이 사용한 경우 작성한 걸 읽어 보면, 중간중간 문장이 끊기고 자연스럽지 못함을 볼 수 있습니다.

문장의 이음새를 본다

문장끼리 이음새가 어색하지 않은지 글을 쓰고 쭉 읽어 보길 바랍니다. 말하듯이 읽어 보다가 이상함이 느껴진다면, 자연스럽게 대화하듯이 부드럽게 수정해 보십시오.

따옴표의 용도를 확인한다

큰따옴표(""), 작은따옴표('')를 오남용하는 경우가 많습니다. 목적에 알맞게 사용하는지 검토하면 좋습니다.

단점을 기재하지 않는다

대학 입학 시에 적는 자기소개서라고 보겠습니다. 전공이나 직무가 지원하는 과와 다른 때도 있습니다. 취업할 때 적는 자기소개서에도 전공과 직무가 맞지 않는 분야인 경우가 있습니다. 학과나 전공이 일치하지 않는 경우가 아니더라도 단점을 기재하는 경우가 잦습니다. 대표적으로 성격입니다. '성격이 좀 내성적이라 다른 이와 어울리는 게 어렵다.'라는 등의 단점을 기재하지 않아야 합니다. 강점을 표현하기에도 지면이 모자라는데, 자신을 스스로 깎아내리는 글을 기재할 필요는 전혀 없습니다.

포기는 배추를 셀 때나 하는 말

다른 직무나 주제에 지원하더라도 연관성 있게 적는다

꼭 들어가고 싶은 회사의 직원 모집공고가 올라왔다고 가정해 봅니다. 정말 들어가고 싶은데 그나마 익숙한 분야의 직무는 없거나 적습니다. 상대적으로 생소하거나 새롭게 떠오르는 업무 담당 자리는 있습니다. 지원하여 합격할 가능성은 아무래도 남은 자리가 많은 후자가 높습니다. 전략적으로 남은 자리가 많은 자리에 지원서를 낸다고 했을 때 자기소개서를 어떻게 기술하는 것이 좋겠습니까?

생뚱맞다고 하여 '잘 모르지만 앞으로 열심히 하겠습니다.'라는 식으로 글을 적어 제출하는 경우라면 탈락의 길이 됩니다. 최대한 관련 있음을 드러내고 익숙함과 잘 해낼 수 있음을 표현하는 경쟁자에게 밀릴 가능성이 크기 때문입니다. 고등학교를 졸업하고 취업하는 상황이라면, 생활기록부를 바탕으로 연관성을 보이는 것이 좋습니다. 직업적성도 검사나 진로 희망 직업, 독서 기록, 봉사, 동아리 등에서 연관성 있는 주제나 단어(키워드)를 찾아 기재해야 합니다. 대학교를 졸업하는 시점에 취업을 위해 지원하는 때도 역시 마찬가지입니다. 대외활동, 교육과정, 인턴십, 봉사 등 경험과 기록에서 적용할 수 있는 부문을 기재하면 좋습니다.

애원하듯 적지 않는다

많은 사람의 자기소개서를 읽다 보면 이런 경우가 보입니다. 너무나 간절한 나머지 '뽑아만 주신다면', '기회가 주어진다면', '열심히 하겠습니다.',

'성실히 할 것을 약속합니다.'와 같이 빌거나 애원하는 식으로 선발해 줄 것을 적는 식입니다. 그러나 이는 사람에 대한 경쟁력을 평가할 때 좋은 모습으로 보이지 않습니다. 오히려 실력이 모자라게 보입니다. 감정에 호소하는 격으로 보일 가능성이 큽니다.

위와 같이 애원하거나 비는 감정호소 식 글보다는 다음과 같이 적어 봄이 좋습니다. '내 능력이 어떠한데, 이 회사의 어떤 분야를 맡아 직무를 수행하면 어느 정도의 성과를 낼 수 있겠습니다.'입니다. 또는 '어떤 분야에 평소 관심이 있어 어떤 활동을 해 왔고, 입사하여 잘 모르는 어떤 부족한 면을 채워 조직에 이바지하는 인재가 되겠습니다.'라는 형식이 좋습니다.

'어떠하다.'라고 표기한 부문에는 자신이 활동한 사항과 왜 그렇게 생각하였는지 등의 결론에 도달한 과정을 구체적으로 적는 것이 좋습니다. 또한, 회사와 해당 분야에서 수행하는 직무에 대해 자세히 알아보고 기재해야 합니다. 연관 있는 최신 뉴스 기사나 인상 깊은 사례를 들어 풍부한 글감을 바탕으로 내 역량을 적극적으로 개진해도 좋습니다. 즉 나와 나를 채용하는 조직이 공동선 내지는 서로 이익이 될 수 있다는 형태로 글을 꾸릴 것을 권합니다.

주장에 근거를 담는다

자기소개서를 평가하는 이는 지원자의 글을 보며 과감하게 삭선을 긋습니다. 삭선을 긋는 부분은 근거가 없는 주장입니다. 쉽게 설명하면 '저는 성실합니다.', '정직합니다.', '열심히 할 자신이 있습니다.' 같은 부분입니다. 자신감 있는 말과 글은 누구나 주장할 수 있습니다. 필요한 것은 왜 그렇게 생각하였는지, 그 생각에 도달하기까지 어떤 과정을 겪어 왔는지 등의 근거입니다. 어떻게 경험을 쌓고 주관을 만들었는지를 구체적으로 기재해야 합니다. '어떠한 직무를 수행하며 이러한 경험을 겪었고, 어떤 어려움이 닥쳤는데 이러한 방법으로 극복하였습니다.'라는 식입니다. 이러한 구조로 구체적인 이야기를 짠 내 나게 담아내면 좋습니다. 자연스럽게 평가하는 이는 지원자가 적어 낸 근거와 이야기를 바탕으로, 어떤 가치관을 따르고 있는 인재상인지를 알 것입니다.

설명할 중심 주제마다 분량을 나눈다

자기소개서에 질문이 주어지는 경우가 있고, 분량도 정해줄 때가 있습니다. 또 어떠할 때는 자유 기술로 백지만 덩그러니 놓이기도 합니다. 그럴 때 글의 주제를 정하고, 어떻게 나누어야 할지를 적기 전에 구상해 보는 것이 좋습니다. 보기 좋은 빵이 먹기도 좋다는 말이 있습니다. 글도 그렇습니다.

피자로 예를 들어봅니다. 피자(글)에 올려진 토핑(글감 내지는 주제)이 뒤죽박죽 섞여 나에게 배달된 경우라면 어떤 마음이 들겠습니까? 십중팔구 먹기 싫은 마음이 들어 피자가게나 배달원에게 항의 전화를 넣을 것입니다. 내가 쓰는 글도 마찬가지입니다. 예를 들어 1,000자라는 분량은 정해져 있는데, 하고 싶은 말이 많아 10가지 주제를 짤막하게 결과 중심적으로 꽉 채워 넣는 경우라고 봅시다. 글에 과정이 모자라고 중심 내용이 무엇인지도 파악하기 어렵습니다. 전혀 읽는 이에게 와닿지 않는 글이 되는 것입니다.

그러므로 여러 가지 토핑(글감과 주제)이 준비되어 있다면, 피자에 구역을 6조각 내지는 8조각으로 정하는 것처럼 분량을 구분합니다. 피자 조각

포기는 배추를 셀 때나 하는 말

마다 어우러지는 하나의 핵심 토핑인 중심 주제를 넣어야 합니다. 주메뉴 (Main Dish)에 집중된 맛깔나는 자기소개서를 작성하는 것입니다. 정해진 것은 없으나 일반적으로 500자에서 1,000자 정도라면, 하나의 제목과 중심 주제를 정하고 기재함이 좋습니다. 1,000자~2,000자 정도라면 둘 내지는 셋 정도의 중심 주제를 갖고 분량을 적절히 나누어 보기를 바랍니다.

<D건설사 합격 자기소개서 공유>

더 높은 결과를 위해 도전하고, 끝까지 이기려는 Challenging-Spirit이 발현된 본인의 경험/사례를 구체적으로 소개해 주세요.

어려운 환경에 좌절하지 않고, 기회를 찾아 배우는 것을 즐겨합니다. 16세의 나이로 가장이 되어 슬픔이나 좌절할 시간 없이 다섯 살 어린 동생을 챙기며 성장했습니다. 피시방이나 카페에 갈 돈이 없었기에 유일하게 가질 수 있는 취미는 독서였습니다. 그렇게 세상을 보았고, 무수히 책을 읽은 덕분에 글을 작성하거나 생각을 정리하고 조리 있게 개진하는 능력을 인정받아 부족한 가정환경에도 자신감을 쌓고 도전하는 삶을 꾸려 나갔습니다. 배우는 만큼 시야가 확장함은 성취감과 능력 향상으로 이어졌습니다.

평소에 흥미 있게 여기던 상경계열의 직무에 종사하고자 노력하여 재정병과로 임관하였으며, 이 과정에 고된 훈련을 잘 수행하여 2등으로 수료했습니다. 예산회계 및 급여 등의 재정 업무에 종사하며 규정과 법령에 숙달하고, 수백 명의 수당과 수십억 원의 사업비를 꼼꼼하게 관리했습니다.

덕분에 2017년부터 2020년까지 연달아 재정 분야 최우수로 선정되어 전문성을 인정받았습니다.

당연히 여겨졌던 것을 새로운 관점으로 기존의 틀을 깨고자 하는 Creative-Spirit을 토대로 변화시킨 본인의 경험/사례를 구체적으로 소개해 주세요.

군 재정 업무를 맡아 복지시설의 불공정 계약을 혁신한 사례가 있습니다. 부대 안에 복지 차원으로 카페가 조성되어 있었는데, 언뜻 계약서를 보면 업체가 선의를 목적으로 시설을 기부하여 만들어졌음을 알 수 있었습니다. 그러나 복지시설은 기부채납의 성격상 비영리 목적으로 운영해야 하나 판매단가가 매우 높았습니다. 병사들이 참여하기에 인건비가 들지 않고 임대료도 없으며, 원재료비를 반영하더라도 비싼 가격이라 의문을 가졌습니다.

출처를 알아보니 이면에 불공정 계약이 있음을 확인했습니다. 사실상 기부가 아니라 조성하는 대가로 원재료비를 비싸게 독점으로 납품한 것입니다. 이를 해결하고자 계약서 조항을 꼼꼼하게 읽어 원인을 찾고 분석하여 상호 호혜의 원칙에 따라 대상 기업 실무자와 만나 개혁을 추진했습니다. 그 과정에 기업과 전관예우 등이 얽힌 이익 관계자들의 민원과 압박이 있었습니다. 그러나 공정과 정의란 가치를 내걸어 포기하지 않고 끝까지 노력한 덕분에 불공정 계약을 해지했습니다.

포기는 배추를 셀 때나 하는 말

최선이 아닌 최고의 결과를 위해 소신을 펼치는 것을 두려워하지 않는 Brave-Spirit를 갖고 치열하게 충돌해 본 본인의 경험/사례를 구체적으로 소개해 주세요.

청약에 당첨되고 중도금 대출을 실행할 때 금융기관에서 LTV 40%를 제시한 가이드라인을 60%로 확대한 경험을 적고자 합니다. 올해 말이 다가오며 가계부채 총량제에 대한 정부의 방침과 압박으로 인해 많은 금융기관이 여신 한도를 축소하고 금리를 올렸습니다. 500세대의 입주민들이 실수요자 요건을 충족함에도 LTV 40%만 대출해 주겠다는 수협의 방침에 안타까움을 느꼈습니다. 어떠한 대표적인 권한을 가진 것은 아니나 '한 번 해 보기라도 하자.'라는 생각에 기획재정부와 금융위원회가 발표한 가계부채 관리책 자료를 찾아 정리했습니다.

이에 가계부채 개선안으로 전세대출과 정부 기금 여신에 대해 총량제에서 제외한다는 문구를 찾았고, 무주택 서민 실수요자 LTV 확대 자료를 근거로 수협 지점의 팀장을 찾아 연락하고 면담하였습니다. 200명이 넘는 수요 조사 설문을 제시하여 여신한도를 늘려 달라고 요청하였고, LTV 60%의 대출을 실현했습니다. 소신 있게 나아가 성과를 창출한 경험입니다.

변화에 민첩하고 기민하게 대응하는 Agile-Spirit를 토대로 환경 변화에 능동적으로 대처하여 의미 있는 결과를 만들어 낸 본인의 경험/사례를 구체적으로 소개해 주세요.

일일신우일신(日日新又日新), 즉 나날이 새롭고 새롭다는 뜻을 가치관으로 세워 변화에 적응하는 인재가 되고자 노력해 왔습니다. 10년이면 강산도 변한다는 옛말은 현대에 들어서 더 적합한 말이 되었습니다. 나날이 급

변하는 시대이기에 강한 자가 살아남는 것이 아니라, 변화에 적응하여 살아남는 것이 강한 사람이라는 생각이 듭니다. 변화의 물결에 적응하고 성장하고자 계획을 만들고 실현하며 성장해 왔습니다.

직장에서 일하며 더 나은 미래를 위해 나아가고자 하는 성향이 있기에 숭실대학교 금융경제학과에 합격하여 왕복 4시간을 오가며 주경야독을 시작했습니다. 그리하며 남은 시간을 경기도 청년봉사단, 국무조정실 청년정책 추진단, 화성도시공사 청년위원회 위원장 등 사회 활동 참여로 자아를 실현하며 시야를 넓혔습니다. 몸이 고되어도 보람찼고, 배우는 만큼 시야가 확장함은 성취감과 능력 향상으로 이어졌습니다. 앞으로의 미래도 과거와같이 기업의 발전과 개인의 성장 기회를 찾아 나가려 합니다.

포기는 배추를 셀 때나 하는 말

면접! 분위기를 끌어내자

사람이 온다는 것은 실은 어마어마한 일이다. 한 사람의 인생이 오기 때문이다. - 정현종, 「방문객」 중에서

면접(面接, interview)의 사전적 의미는 '서로 대면하여 만남'이라는 의미입니다. 넓은 의미로는 흔히 인터뷰(Interview)라 말하는 면접법을 의미합니다. 국내에서는 주로 면접을 '면접시험'의 준말로 씁니다. 즉, 평가자와 피평가자가 서로 대면하여 시행하는 시험 방식입니다. 면접관이 여러 가지 질문을 던지고, 이에 대한 피평가자의 대답을 점수화하는 형식으로 진행합니다. 면접시험은 피평가자가 면접관 앞에서 발표한 뒤 면접관의 후속 질문에 답하는 방식도 있고, 피평가자들이 서로 토론하고 면접관이 과정을 평가하는 토론 등 다양한 평가 방법이 존재합니다.

면접은 공무원 시험처럼 채용 과정에 형식적인 통과의례 정도일 때도 있습니다. 그러나 대부분은 아르바이트 채용이나 직장 취업 과정 등에 상당수의 지원자를 판가름하고 당락을 결정할 정도로 중요성이 높습니다. 그렇

다면 '어떻게 면접을 잘 치를 것인가?'라는 궁금증이 들겠습니다. 저도 무수한 탈락을 경험해 보고, 그중에서도 몇 합격을 통해 인생이 변화한 만큼 경험한 바를 나눠 보겠습니다.

두괄식으로 답변한다

질문을 줬을 때 결론을 먼저 말하고, 그 이유를 덧붙이는 것이 효과적입니다. 과정을 먼저 설명하면 장황하고 두루뭉술합니다. 결론에 도달하기까지 말이 명확하지 않으며, 자칫 지루함을 줄 수 있습니다. 그러므로 "1분 자기소개를 해 보세요."라는 질문을 주면, "네, 저는 어떠한 사람입니다. 무엇을 했고, 무엇을 좋아하며, 무엇을 선호하고, 무엇을 쌓아 왔습니다."라는 식으로 답변하는 것입니다.

아래 경험한 질의응답을 따로 적어 두었지만, 면접 당시 1분 자기소개를 해 보라고 했을 때 '책을 좋아하고 풍부한 활동 경험을 가진 청년리더'로 저를 소개했습니다. 면접관은 이를 기억하고 책이나 활동, 리더십에 관해 물어볼 터입니다. 이는 제가 계속하여 준비한 내용이자 경험한 내용이기에 면접장의 분위기를 끌어올 수 있습니다. 즉 내가 자신 있는 분야로 활약할 무대가 마련되는 것과 다름없습니다. 그러므로 강점과 자신감 있는 분야를 나를 소개하는 맨 앞줄에 배치하여 성공적인 면접 풀이를 쭉 이어감이 좋습니다.

여기서 중요한 건 1분 자기소개서 중에서도 앞쪽에 '내 핵심 역량이 무엇

포기는 배추를 셀 때나 하는 말

인지', '그 근거가 무엇인지', '어떤 사례가 있는지'를 명확하게 말하는 것입니다. 남의 이야기가 아닌 나의 경험인 당시 상황, 행동, 결과로 나열하고 마지막으로 포부를 말하면 좋습니다.

성장 가능성과 가치관을 보인다

나의 가능성과 가치관과 관련한 질문을 자주 줍니다. 미리 입사하려는 기업이나 입학하려는 학교의 정보를 찾아보면 좋습니다. 정보는 슬로건, 역사, 주요 핵심 사항 등입니다. 이를 확인하고 내 가능성과 가치관을 연관 지어 설명해야 합니다. 제가 겪은 사례로는 연세대학교 행정대학원 입학 면접시험을 들 수 있습니다. 면접시험을 치르기 전에 정보를 탐색했습니다. 공식 홈페이지에 있는 대학원장님 인사말에서 '대학원이 앞으로 어떤 방향으로 가려는지', '어떤 사람을 원하는지'를 확인하고 답변에 결부했습니다.

이때 답변에 주의할 점은 '내가 이룬 것을 자랑하는 것'이 아니라는 것입니다. 겪은 경험이 해당 직무나 학과 입학과 관련되어 '무엇을 배웠고', '어떤 생각을 했고', '어떤 역량이 길러졌는지'를 답함이 좋습니다. 가치관을 말하는데도 역시 결론을 우선 도출해야 좋습니다. 또한, 한 번의 실패나 실수에 비롯하여 가치관을 생성했다기보다는 자연스럽게 설명해야 합니다. 그간 살아온 경험과 사례를 몇 가지 녹아내고, 자연스럽게 계속하여 주관적으로 실천하고 있음을 답하는 식입니다.

지식과 관심사, 역량과 경험을 설명하자

사람은 어떤 분야에 관심을 둘 때 정보를 찾고 지식을 쌓곤 합니다. 일례로 자동차의 여러 종류나 브랜드, 가격과 용어 등을 모르다가 흥미를 느끼면 알아보는 식입니다. 해당 분야에 일정 기간 시간을 투자하면 어디에서 한 마디 내보일 수 있는 자신감이 쌓이는 것과 같습니다. 대학교 입학이나 취업도 그렇습니다. 입학을 희망하는 학과나 취업하고 싶은 회사가 있다면 시간을 투자해야 합니다. 관심을 두어 정보를 탐색하고 지식을 쌓아야 말 한마디 글 한 자를 더 표현할 수 있습니다.

해당 분야에 전혀 아는 바가 없으면 서류는 어떻게 통과하더라도 면접때 곤란한 상황을 마주합니다. 그러므로 최소한 공식 홈페이지에 기술된 조직 소개와 연혁, 인사말은 읽어두어야 좋습니다. 더 나아가 최근 보도되는 해당 분야의 뉴스 기사, 연관 있는 책, 관련자의 인터뷰까지 탐색하면 금상첨화입니다. 결과적으로 흥미 있는 분야에 지식과 관심사를 갖추는 것이 우선입니다. 다음으로 변화하는 시대의 흐름(트렌드)을 파악하고 이해하며 내 생각과 전략을 명확히 정리해야 하겠습니다. 그리하면 어떤 질문을 받아도 뚜렷한 주관을 바탕으로 자신감 있게 답할 수 있습니다.

일례로 코로나19가 확산하는 상황에 건설사 면접을 본 적이 있습니다. 면접장에서 아파트 세대 평면 구조에 관한 주제가 제시되었습니다. 아파트 평면에 관심이 없는 이는 입을 열지 못하기 마련입니다. 전 여러 견본 주택 방문하기를 즐기던 때였으므로 곧 생각을 정리했습니다. 그리고 말했습니

포기는 배추를 셀 때나 하는 말

다. "손 씻기가 중요하고 생활화되는 상황입니다.", "집에서 손을 씻으려면 문을 열고 화장실에 들어가 행동해야 하는 불편함이 있습니다.", "세면대를 현관이나 세대 내부 복도에 건식으로 배치하여 손을 편리하게 자주 씻도록 구성하면 경쟁력 있는 브랜드 상품이 될 것으로 전망합니다."라고 답변했습니다. 이렇게 관심을 두어 주관을 만들면 자신감 있게 말하는 자신을 마주하게 됩니다.

다음은 역량과 경험 설명입니다. 연관 있는 직무나 학업을 수행할 때 자신의 경험을 바탕으로 설명하는 것이 근거가 됩니다. 경험이 거창하거나 크지 않아도 괜찮습니다. 작더라도 성공적인 결과를 이루어내기 위해 본인이 노력한 바를 명확히 이야기해야 합니다. 당시 배경을 설명한 다음 행동한 바를 말합니다. 그다음 결과와 성취한 바를 주장하면 됩니다. 감이 잘 안 온다면 아래 공유하는 몇 질의응답 사례를 참고해 보시기 바랍니다.

> **<D건설사 합격 시 준비했던 예상 질의응답 몇 가지 공유>**
>
> **1분 자기소개?**
>
> 네, 안녕하십니까. 책을 좋아하고 풍부한 활동 경험을 가진 청년리더 양진영입니다. 어려서부터 책을 읽고 생각을 공유하여 지식을 쌓는 걸 좋아했습니다. 이를 바탕으로 사람들을 만나고 이야기하는 걸 선호하여 2년간 경기도 청년봉사단에 참가했고, 국무조정실 청년정책추진단 화성

도시공사 청년위원회 위원장, 화성시 청년정책협의체 회장을 맡으며 세상이 돌아가는 데 큰 영향을 주는 정책이란 개념을 마주했습니다.

그중 주거정책을 알아보면서 부동산에 관심을 가졌고, 청약제도를 학습하여 작년에 내 집 마련을 실현했습니다. 현재는 건설사에서 자산관리 업무를 맡아 관련한 지식을 쌓고 있습니다. 이와 같은 경험을 충분히 발휘하여 D건설사 ○○직무에서 성과를 창출하는 인재가 되어 이름을 남기고자 지원했습니다.

지원동기, 목표, 포부?

D사는 제가 지향하는 꿈의 기업이자 하늘에 떠 있는 별과 같다는 생각도해 본 적이 있습니다. 저 높이 보이기 때문에 언젠가 로켓을 타고 안착해보고 싶은 마음입니다. 청약에 당첨되기 전에 무수한 아파트 브랜드들을인식하면서, 건설사들이 눈에 들어오기 시작했습니다. 그중에 올림픽대교를 타고 학교를 오가며 눈에 띄는 ○아파트를 보면서, 저렇게 가치를 인정받는 기업에서 일하면 얼마나 좋겠냐는 생각이 들었습니다. D사에서 일하는 것을 정말 바라고 있기에, 입사한다면 애사심과 자긍심을 바탕으로도전하고 사람을 만나 이야기를 나누어 성과를 창출하는 강점을 활용함으로써 202○년에 정비사업 수주 규모 1등이란 초격차를 달성하는 데 이바지하겠습니다. 또한, D사 홈페이지를 보면 직무를 소개하는 인물들이계시는데 주택정비영업이란 직무가 보이질 않습니다. 향후 전문성을 인정받아 기회가 된다면 이를 소개하는 창에 제 모습을 담아 내걸고 싶다는포부가 있습니다.

포기는 배추를 셀 때나 하는 말

자신의 장단점, 합격 후 활용 방안?

직무를 수행하는 데 있어 떠오르는 장점은 새로운 정보 파악을 좋아하는 것과 계획 수립 및 추진력입니다. 이 장점을 바탕으로 발주계획을 수집하고 분석하여 발주처의 공고문과 심사기준을 숙지한다거나, 세부적인 사항들을 검토하여 공사참여 가능 여부를 자세히 파악하는 데 활용하겠습니다. 단점은 어떤 일에 열중하다 보면 자신의 건강과 가정을 돌보는데 다소 소홀해진다는 점입니다. 군에서도 재정 업무를 맡아 일하다 보면 시간이 빨리 흘러서 자주 밤을 새웠었는데, 장기적으로 프로젝트를 수행할 때 좋지 않을 부분이겠습니다. 이러한 점은 업무체계에 숙달하는 대로 규칙적으로 취침하여 보완하겠습니다.

자신만이 해낼 수 있는 차별화된 능력 및 성과?

책 읽기를 좋아하고, 매일 경제신문을 읽으며 정보를 얻고 업계 동향, 제도, 이슈를 확인하길 즐겨합니다. 또한, 다양한 대외활동의 리더 경험이 증명하듯이 대인관계를 구축하고 관리와 유지하는 능력을 키워왔습니다. 이러한 소통과 인적 네트워크를 구축하는 역량이 실무적인 차원에서도 큰 도움이자 성과로 이을 수 있는 점이라 자신합니다.

살면서 이루어 낸 가장 큰 일과 극복한 경험?

가난을 극복한 경험입니다. 5세에 아버지, 15세에 어머니 여의고 아동복지시설에서 자랐습니다. 공부하고 싶은 마음이 있어도 6천 원에서 9천 원 하는 문제집 살 돈이 없었고, 유일하게 무료로 할 수 있는 취미인 독서로 학창 시절을 보냈습니다. 너무 배가 고파서 500원으로 배를 채워야 할 때는 각 250원짜리 라면 사리와 커피음료 레쓰비를 사서 먹으며 도서관에 다녔습니다. 이런 무일푼의 가난을 해결하기 위해 D사의 7가지 덕목 중 하나인 근검절약을 실천하고, 가치를 높이고자 치열하게 그리고 열심히 살았습니다. 작년 12월까지도 난방 켜지 않고 내복을 입고 지냈습니다. 돈이 여유가 되어 대학에 진학함으로 주경야독을 실천한 것도 이에 기반합니다. 지금은 내 집 마련을 실현해 눕고 잘 공간이 생겼고, 저축한 덕분에 결혼도 하고 사람답게 살고 있어 가난을 극복한 것이 가장 큰 일이었습니다.

마지막으로 할 말?

남들과 비슷한 스펙을 맞추기 위해 노력하기보다는 ○○직무란 신입사원에게 요구되는 직무 능력을 갖추었다고 생각합니다. 많은 이들과 토론하고 설득하는 과정을 통해 성과를 창출해 보았고, 무엇보다 그 어려운 어린 시절을 긍정적인 마음가짐으로 매사에 임하여 극복했습니다. 이러한 점이 높이 살만하고 미래가 기대된다고 판단하셔서 기회를 주신다면 D사 ○○직무 역사에 함께하겠습니다. 반드시 밥값 하겠습니다. 오늘 면접에 참여할 수 있게 해 주셔서 감사합니다. 새해 복 많이 받으십시오.

포기는 배추를 셀 때나 하는 말

4장

포기는 배추를
셀 때나 하는 말

가난은 잔혹하며 피폐하다

4장에서는 살면서 느낀 생각을 말하고자 합니다. 그 첫 번째 이야기는 '가난'입니다. 가난이란 '살림살이가 넉넉하지 못하거나 그런 상태'를 뜻합니다. 가난하다고 꼭 불행한 것은 아닙니다. 그러나 다수의 불행한 사유를 촉발하는 것은 물질 혹은 정신의 가난에서 비롯한다고 생각합니다.

세계에서 가장 부유한 '수십 명'이 '전 세계 인구 절반'의 재산을 합친 것보다 많습니다. 우리나라도 자산 격차가 심한 나라입니다. PIR(소득 대비 주택구매 가격 비율)를 보면 이해하기 쉽습니다. 서울에 연 소득 하위 20%가 있습니다. 이들이 평균 주택 상위 20%에 해당하는 집을 구매하려면 얼마만큼의 시간이 필요한지 아십니까? 무려 100년 동안을 한 푼도 쓰지 않고 모아야 합니다. 그런데 정말 100년을 모았다 하더라도 좋은 주택을 거머쥐기란 어렵습니다. 양극화가 심화하기 때문입니다. 상위 20%에 해당하는 주택 가격은 끝 모르고 치솟을 것이 분명합니다. 근로자의 소득 증가 속도는 자산의 그것에 비해 느립니다.

2021년 한 해만 하더라도 주택 가격은 엄청난 상승세를 보였습니다. 2023년경 하락했던 시세는 2024년 7월 기준 거의 전고점을 회복하였습니다. 하위 가구의 소득은 자산 가격의 상승을 따라가지 못하고 있습니다. 이 격차는 벌어질 것으로 전망합니다. 100년은 물론 1천 년을 가도 이 간극은 좁혀지기는커녕 벌어질 것입니다.

가난은 비쌉니다. 하루빨리 벗어나야 합니다. 부가가치세는 부자와 거지를 가리지 않고 10%를 뗍니다. 물건을 사도 단품으로 사는 것보다 다량으로 구매해야 저렴합니다. 가난으로 비롯한 낮은 신용등급은 빚을 지기도 어렵습니다. 설령 적은 한도의 대출을 낼 수도 있습니다. 그러나 부자들에 비해 값비싼 이자를 내야 합니다.

포기는 배추를 셀 때나 하는 말

주거 공간으로 부를 비교해 봅니다. 주택을 소유한 이는 자산 가격의 상승과 관리비 정도의 저렴한 돈을 부담합니다. 전세 거주자는 목돈이 묶입니다. 그리고 전세는 소유주에게 무이자로 돈을 빌려주는 것과 같습니다. 월세는 소득 대비 고정지출이 발생하며, 이는 큰 부담으로 다가옵니다. 월세마저 들어갈 수 없는 이는 모텔, 여인숙, 쪽방촌 등에 들어가야 합니다. 이 비용도 보통 월세형 주택보다 더 큽니다.

가난은 불편하며 많은 시간을 잡아먹습니다. 본인의 차가 있으면 넓은 공간을 갖습니다. 쾌적하게 원하는 대로 시간과 돈을 지급하여 이동할 수 있습니다. 그다음으로 돈이 넉넉하다면 택시를 이용할 수 있습니다. 일반적으로 고객을 맞이하는 기사는 친절합니다. 버스와 전철보다 편리하게 목적지로 향할 수 있습니다.

좋은 회사는 통근버스를 운용합니다. 숙소도 제공해 줄 수 있습니다. 꼭 먹어야 하는 식사도 챙겨 줍니다. 지출이 줄어들고 돈의 선순환 흐름이 생깁니다. 그러나 보통은 내 돈을 내고 출퇴근합니다. 매 끼니 시간이 오면 밥을 사 먹어야 합니다. 멀리서 통근한다면 하루에 수 시간을 잃습니다. 대중교통을 타야 할 시간을 신경 써야 합니다. 오가며 쌓이는 피곤은 일상에 긍정적인 발전을 저해합니다.

가난은 자존심을 갉아먹습니다. 삶을 살며 다양한 스트레스에 노출되며, 이를 푸는 방법은 다양합니다. 넉넉한 이는 해외여행이나 골프 등 값비싼 여가를 보냅니다. 자산가는 투자에 대한 정보를 얻고 실행하여 자본을 불리는 것으로 만족감을 느낍니다.

청주에서 월 100만 원을 벌었을 때 유일한 낙이 있었습니다. 월급날에 약간의 사치를 부려 오삼불고기 13,000원짜리를 먹는 것입니다. 더 나아가 고될 때는 퇴근하고 치킨과 맥주를 기울였습니다. 보잘것없는 수입에 사치였습니다. 그러나 여유 내에서 사치스러운 무언가를 하면서 기분을 풀었습니다. 그러나 담배에는 손을 대지 않았습니다. 줄담배를 피우며 소주나 맥주와 같은 주류로 속을 달래는 것도 돈이 있어야 했습니다. 지금도 종종 "담배 해?"라는 질문이 오면 종종 "비싸서 못해요."라고 답합니다. 듣는 이는 유머인 줄 알지만, 현실이 그러했습니다. 그리고 술과 담배에 의존하면 몸이 더 피폐해지고 아파질 것이기에 멀리했습니다.

가난하면 자존심이 상하거나 굽혀야 할 일이 더 많아집니다. 이는 건설적인 자기 발전을 방해합니다. 자존심에 상처를 입었다고 평소보다 더 열심히 두 배, 세 배 노력하는 것은 아무나 할 수 있는 게 아닙니다. 목표를 반드시 달성해 내고야 말겠다는 실행력도 평소 자신의 내면과 신뢰가 든든해야 합니다. 또한, 풍부한 정신적, 육체적 체력이 바탕 되어야 합니다. 모든 이가 계속하여 손가락질하고 자존심을 긁으면 다짐할 새 없이 좌절과 우울, 아픔이 찾아옵니다.

그렇습니다. 가난은 아픔을 가져옵니다. 잠이 모자라면 무너질 때가 옵니다. 스트레스는 만병의 근원입니다. 평소에 운동과 같이 몸을 관리하지 못

포기는 배추를 셀 때나 하는 말

하고, 불규칙적으로 식사하면 병이 생깁니다. 제가 그러했듯이 편의점 폐기 음식이나 시리얼류로 매식하면 더 아프기 쉽습니다. 근로조건이 열악하고 먹고살기에 바쁘면 제때 건강검진을 받기 어렵습니다. 그 건강검진도 기본으로 제공되는 최소한의 사항에 그칩니다. 돈을 더 들여 평소 아프던 곳을 더 진찰하거나 검사를 받을 엄두를 내지 못합니다. 그러다 아파 병원 진료를 자주 받아 이력이 많으면 일이 납니다. 후에 나를 돌보아줄 보험에 가입하려 해도 보험사는 가입을 거절하기에 온전히 자비로 치료해야 합니다.

세상에 가난한 사람의 편은 없습니다. 이따금 서울역에서 직장으로 이동하면 노숙자들이 보입니다. 쥐가 돌아다니고 벌레가 꼬입니다. 계단이나 아스팔트에 상자나 천막을 깔고 있는 그들에게 동정을 베풀거나 관심을 보이거나 편을 들어 주는 이는 거의 없습니다. 대다수가 못 본 체하거나 코를 막고 눈살을 찌푸리며 황급히 그 자리를 벗어나기에 바쁩니다. 이처럼 별 것이 없어 보이는 이에게 호의를 베푸는 사회는 없습니다. 접대용 영업 미소를 띠는 이들도 돈 없는 사람에게 웃어 주지 않습니다. 동일하게 어려운 이들도 가난한 사람들의 편에 서지 않습니다. 함께하는 순간 찍힐 '가난 서린 시선으로 날 바라보지 않을까?' 하는 낙인을 우려하기 때문입니다.

가난은 기회를 박탈합니다. 자아실현을 위해 봉사나 열정 페이로 경력을 쌓는 것도 소정의 돈 없이 비빌 언덕이 있는 가정이어야 가능합니다. 수개월에서 1년여간 자산을 까먹으며 기약 없이 인턴과 같은 열정 페이를 감당할 성인이나 가정이 얼마나 되겠습니까? 나이, 재산에 거리를 두지 않는 어떤 기회를 잡으려 해도 경제적 자유가 바탕이 되어야 합니다. 즉, 가난은 꿈과 기회를 박탈합니다.

가난한 이도 생각과 마음이 있는 똑같은 사람입니다. 화가 나는 일이 생기면 오락이나 소비, 사치를 통해 응어리진 마음을 풀어내고 싶습니다. 누군가에게 손가락질받거나 싫은 소리를 들으면 본래 하려고 했던 계획이 하기 싫어집니다. 아침에 일찍 일어나서 이동해야 하면 피곤하기 마찬가집니다. 잦은 실패를 겪고 스트레스에 고초를 겪는 우리와 똑같은 사람입니다.

가난한 사람은 좀 더 불편합니다. 돈 들 일이 많습니다. 더 잦은 자존심 상하는 상황을 겪습니다. 더 아플 일이 많습니다. 그럴 때 주위에서 편을 들어 주는 사람은 적거나 없습니다. 그렇기에 기회가 더 적게 주어집니다. 가난은 잔혹하며 삶을 피폐하게 만듭니다.

포기는 배추를 셀 때나 하는 말

가장 빨리 성공하는 방법, 책

문해력 논란과 이슈가 잦은 사회인 듯합니다. 단어 뜻이나 맥락을 이해 못 하는 사람이 늘어나고 있다고 합니다. 한 어린이집 교사는 요즘 학부모들과 소통이 잘되지 않는다고 토로합니다. 'ㅇㅇ을 금합니다.'라고 안내하면 당연히 금지한다는 얘기로 받아들여야 하는데, '금'이 좋은 건 줄 알고 'ㅇㅇ을 하면 제일 좋다.'고 알아듣는다고 합니다. 또 '우천 시에 ㅇㅇ로 장소를 변경한다.'라고 하였는데, "'우천시'라는 지역에 있는 ㅇㅇ로 장소를 바꾸는 거냐고 물어보는 분들이 있다."라고 밝혔습니다.

다른 매체에서는 '섭취', '급여', '일괄'에 대한 뜻과 맥락을 짚지 못한다는 일례도 있다고 합니다. 또한, 수학여행 가정통신문에 '중식 제공'이란 단어를 보고 "우리 아이에게는 한식을 제공해 달라."는 요청이 있다고 합니다. 혹은 '교과서는 도서관에 사서 선생님께 반납하세요.'라고 안내하면 교과서를 구매하여 반납하는 일도 벌어진다는 등 문해력 이슈를 짚습니다.

이러한 이슈는 과거 문맹의 문제는 아닙니다. 지금은 영상으로 정보를 취하고 구어체 위주로 습득하는 시대입니다. 긴 글을 읽는 걸 어려워하는 사회적 변화에 기반하는 듯합니다. '문화체육관광부 : 2023 국민독서 실태조사'에 따르면, 지난해 우리나라 성인 10명 중 6명은 1년간 책을 단 한 권도 읽지 않은 것으로 나타났습니다. 전자책, 웹 소설 읽기, 오디오북 (audio-book) 듣기 등을 독서에 포함했는데도 그렇습니다. 종합독서율은 2013년 72.2%를 기록한 이래 67.4%(2015년), 62.3%(2017년), 55.7%(2019 년), 47.5%(2021년)로 급격히 하락하고 있습니다.

'사람은 책을 만들고 책은 사람을 만든다.'라는 말이 있습니다. 돌이켜 보면 제가 가난에서 탈출하여 자리를 잡게 된 배경은 독서였습니다.

편의점 야간 아르바이트를 할 때도 문제집을 펴거나 소설을 읽었습니다. 군대에서 근무할 때도 홀로 점심시간이나 여가 시간에 책을 읽었습니다. 이따금 병사 몇 명이 함께할 뿐 독서나 공부에 함께하는 간부들은 없었습 니다. 직장 생활에서도 그렇습니다. 점심 식사 후 잠을 자거나 무의미하게 스마트폰에 빠져 있을 뿐 자기 계발을 하는 이는 많지 않습니다.

이는 성인이 독서 장애 요인으로 꼽은 사유와 겹치는 면이 있습니다. '일 때문에 시간이 없어서'(24.4%), '스마트폰이나 게임 등 책 이외의 매체를 이용해서'(23.4%), '책 읽는 습관이 들지 않아서'(11.3%) 순으로 많은 답변을 기록된 것을 보면 알 수 있습니다. 사회 진출 후 독서에 대한 의지나 환경 이 뒷받침되지 못하는 상황입니다.

포기는 배추를 셀 때나 하는 말

반대로 말하면 조금만 노력하여 여가에 책을 읽고 자기 계발에 매달리면 과거보다 더욱 치고 나가기 쉬워졌음을 뜻합니다. 변화는 어렵지 않습니다. 이동 시간에 무의미한 게임이나 유튜브 시청을 끊어 봅니다. 그리고 이북(e-book)이나 오디오북(audio-book)을 청취합니다. 점심 식사 후 얼마라도 책을 붙잡아 보며, 하릴없는 주말에 도서관을 찾아가 보는 식으로 환경을 만들고 습관을 들이면 됩니다.

공부를 잘한다고 하여 사회생활을 잘하는 것은 아닙니다. 또한, 끝까지 살아남을 수 있음을 뜻함이 더욱 아닙니다. 엘리트같이 현 학습 체계를 그대로 받아들이고 답습하는 것에만 능력을 키운 이들이 있습니다. 이들은 다양한 이슈나 환경적 변화에 유연하게 잘 대처하지 못하고 예봉이 꺾이는 일이 잦습니다. 반대로 공부를 못 해 왔다고 하여 사회에서 인정받지 못하는 것은 아닙니다. 성적으로 증명되지 않으나, 독서는 내면의 역량을 키우고 시야를 확장합니다. 이는 깊이 있는 사고를 가능하게 함으로 내 뜻을 사회에 조금씩 관철할 수 있습니다.

혼자 하기 어렵다면 '당근'이나 '카페', '소모임' 등의 플랫폼을 활용해 보기를 권합니다. 독서 모임을 찾아 나가보고 사람들과 지식과 의견을 교류해 보십시오. 또는 만화카페에 가서 진득하게 만화를 읽어 봐도 괜찮습니다. '시리즈', '노벨피아', '카카오페이지' 등을 통해 소설에 빠져 보아도 좋습니다. 그렇게 재미있는 글을 읽어 보는 습관을 우선 형성하면 됩니다. 점차

원하는 트렌드, 세계, 지리, 경제, 재테크, 과학, 사회, 환경, 식물, 동물, 여행 등 다양한 분야의 책을 도서관에서 찾아 읽게 될 것입니다. 그리고 서점에서 한 권씩 구매해 보는 것으로 이전과는 확연하게 달라진 인생을 펼쳐 나갈 수 있겠습니다.

포기는 배추를 셀 때나 하는 말

도전! 비워 내야 비로소 보인다

좋아하는 격언이 있습니다. 운영하는 블로그를 모바일 환경으로 접속하면 보이도록 설정해 두었습니다. 바로 "인생은 과감한 모험이 아니면 아무것도 아니다(Life is either a daring adventure or nothing)."입니다. 어릴 적 뇌척수막염으로 시각과 청력을 모두 잃은 헬렌 켈러의 명언입니다. 그녀는 "인생은 과감한 모험이든가 아니면 아무것도 아니다."라고 말함으로써 많은 사람의 가슴속 도전에 대한 강한 의지를 심어 주었습니다. 더 나아가 신체에 장애가 있는 본인도 도전하여 성공했다는 모습을 직접 보임으로 불가능은 핑계라는 인식을 심어 주었습니다.

연세대학교 행정대학원에 '정치철학과 리더십'이라는 수업이 있습니다. 수업 중 교수님께서 "본인이 보수에 속한다고 생각하는가? 혹은 진보에 속한다고 생각하는가? 각자 어디에 속하는지와 그 이유를 말해 봅시다."라고 말했습니다. 그 교육을 듣는 다수의 대학원생은 보수를 선택했습니다. 저는 유일하게 진보를 택했습니다. 왜 진보를 선택했는지 묻는 말에 "어릴 적

너무나 가난한 환경에서 자라 왔다. 성인이 되어 아르바이트하던 시절에 최저시급으로 현재 상태를 유지하기에 급급했다면 굶어 죽었을 것이다. 일일신우일신이란 말처럼 매일 살 궁리를 찾아 진일보하지 않으면, 지금 이 자리까지 도달하지 못했을 것"이라고 답했습니다.

그렇습니다. 세상이 느리게 변화하고 내 삶도 든든한 기반이나 환경이 있다면 현 상태를 유지하고자 노력하는 것이 정답일 수 있습니다. 평범하게 산다는 것은 생각보다 어려운 일이기 때문입니다. 그러나 제가 20살 ~21살에 최저시급 5천 원을 받아 월 100만 원의 소득을 벌었을 때 보수를 택하면 어찌 되겠습니까? 의식주에 들어가는 비용을 빼면 전혀 저축하며 미래를 꿈꿀 수 없던 시기였습니다. 그때 현상 유지에 급급하고 소득이 끊기는 것이 무서워 부사관 임관을 위한 공부나 도전을 하지 않았다면, 정말 굶어 죽거나 고독사(孤獨死)했을지 모를 일입니다.

포기는 배추를 셀 때나 하는 말

탈무드에 이런 일화가 나옵니다. 부자가 되고 싶어 방법을 물으러 찾아온 이가 있습니다. 부자는 "나무에 올라가서 나뭇가지를 붙잡아라."라고 합니다. 주어진 과제를 수행하면 부자가 되는 방법을 알려 줄 것으로 생각한 이는 나뭇가지에 매달립니다. 부자는 "한 손을 놓으라."라고 말한 다음 곧이어 "남은 한 손도 놓으라."라고 합니다. 그러니 나뭇가지에 매달린 이는 "한 손을 마저 놓으면 난 떨어지고 만다."라며 벌컥 화를 냅니다. 그제야 부자가 말합니다. "그렇게 간절한 마음가짐으로 가진 걸 놓지 않으면 부자가 된다."

그런데 조금만 시각을 바꿔 보겠습니다. 어떤 목표를 위해 나무에 올라가서 어떤 가지로 나아간 상태가 현재입니다. 나무에서 떨어지는 것은 미래라고 칩니다. 우리는 저편의 나뭇가지에서 떨어지면 그 아래에 무엇이 있을지 모릅니다. 미래를 알지 못하면서 과거와 현재에 기반하여 부정적으로 예측하기에 바쁩니다. 가령 '떨어지면 낭떠러지가 있어서 죽을지도 모른다.'라고 생각할 수 있습니다. 그러나 그 공간은 생각보다 푹신한 풀숲일 수도, 알지 못하던 너른 세상이 펼쳐질 기회일 수도 있습니다.

아르바이트로 생계를 전전할 때 아르바이트를 그만두면 죽는 줄 알았습니다. 당장 소득이 끊기기 때문입니다. 부사관에서 전역할 때도 알지 못하는 미래가 두려웠습니다. 그러나 분명한 것은 'Life is either a daring adventure or nothing.' 도전이 없으면 인생도 없다는 겁니다. 가진바 보잘

것없는 현재에 목메어있기보다 과감히 손을 털고 미래를 위해 도전해 나가

는 삶을 꾸려 보길 바랍니다.

포기는 배추를 셀 때나 하는 말

운이 좋은 사람이 되는 방법

운구기일(運九技一)이라는 말을 들어 본 적 있습니까? 운칠기삼에서 비롯한 운이 7할이라는 것을 넘어 9할이라는 뜻입니다. 사람이 살아가면서 일어나는 모든 일의 성패는 운에 달려 있다는 말입니다. 주위 사람이 "운이 좋아 성공했다고 하더라."는 말이 여기에 달려있겠습니다. 어떻게 운이 좋은 사람이 되는지 생각해 본 적 있습니까? 어떤 아이돌 가수의 말처럼 긍정적인 사고방식이 중요할까요? 아쉬운 상황도 긍정적으로 생각하면 운이 썩 좋은 사람이 되는 것이 맞을까요? 전 운이 따르는 사람에겐 크게 두 가지 이유가 있다고 생각합니다.

긍정적인 사람은 한계가 없고, 부정적인 사람은 한 게 없습니다.

첫 번째 이유입니다. 긍정적인 사고방식은 운이 좋은 사람의 토대가 됩니다.

나는 할 수 있다는 긍정적인 믿음을 갖고 주어진 과업을 수행하고 선택하며 인생을 개척하는 사람은 한계가 없습니다. 그렇기에 불가능해 보이는 것일지라도 절대 포기하지 않고, 점진적으로 끊임없이 나아가 자신의 한계를 뛰어넘고 성취를 이루어 냅니다.

반대로 늘 부정적인 말을 내뱉는 사람은 무엇을 하더라도 비관적인 생각이 가득합니다. 어떤 일을 해도 잘 풀리지 않습니다. 풀리지 않으니, 도전조차 하지 않습니다. 할 수 있다는 희망보다 할 수 없는 이유와 변명을 찾습니다. 결국, 아무것도 이룰 수 없으므로 부정적인 사람은 한 게 없습니다.

2시간여를 이동해야 하는 일이 생겨 지하철을 탔다고 생각해 봅시다. 알람을 설정해 두고 가기를 어느새 중간지점에 왔다는 신호가 옵니다. 이때 '반이나 왔네, 금방 가겠다.' 또는 '반밖에 못 왔네? 지겹다.'라는 둘 중 하나의 생각을 한다고 해봅시다. 어느 쪽이 본인의 운에 더 좋은 생각이겠습니까?

'반이나 왔으니 금방 가겠다.'라고 생각한 매사에 긍정적인 사람은 스트레스를 받을 일이 적습니다. 일을 수행하다 기회가 찾아왔을 때 이를 붙잡을 확률이 높습니다. 심적 여유가 있고 가능성을 찾기에 그렇습니다. '반밖에 못 왔는데 언제 도착하는 거지? 지겹다.'라는 비관에 빠진 이는 스트레스를 계속 받습니다. 귀찮고 힘들며 따분하면서 고루하니 일을 제대로 수행할 마음가짐이 들지 않습니다. 더 빨리 피곤하고 지칩니다. 머잖아 맡은 일을 때려치울 가능성이 큽니다. 고로 운이 좋은 사람이 되는 방법의 하나는 긍정적인 사람이 되는 것입니다.

포기는 배추를 셀 때나 하는 말

운을 불러일으키는 다른 비결은 반듯한 모습과 품성으로 보이는 인격입니다.

내가 가진 주머니는 하나인데 눈앞에 두 개의 물건이 있다고 가정해 보겠습니다. 보기에 깨끗하고 좋은 물건이 있고, 더럽고 냄새나는 쓰레기가 있습니다. 어떤 것을 내 주머니에 넣고 싶겠습니까? 거의 좋은 물건을 내 주머니에 넣고 싶기 마련입니다. 인격이 그렇습니다. 사람 관계도 그렇습니다. 우리는 많은 사람을 마주하고 살아갑니다. 가정, 학교, 직장 등 위치를 가리지 않습니다. 카카오톡, 커뮤니티, 게임 등 공간을 초월해서 누군가를 만나고 있습니다.

매사 부정적인 사람은 그 지위가 정말 높고 부를 거머쥔 상태가 아닌 이상에야 따르는 사람이 없습니다. 외롭고 고독합니다. 주위에 사람이 있다면 그 사람에게서 얻을 수 있는 이권을 보고 머뭅니다. 그런데 긍정적이고 밝은 사람은 주변에 많은 사람이 있습니다. 지위의 높고 낮음과 돈이 많고 적음에 관계없이 말입니다. 일반적으로 깨끗하고 좋은 물건을 좋아하는 것처럼 사람 관계도 같습니다. 세상은 인과관계로 움직입니다. 내가 반듯한 모습과 품성을 갖춘 좋은 인격을 갖는 만큼 주위에 동질감 있는 인과관계가 생깁니다. 운이 좋은 사람으로 거듭납니다. 정리하면, 긍정적인 사고방식과 좋은 인격이 운이 따르는 내 모습을 만듭니다.

나의 가치를 높이는 브랜딩

　브랜드(Brand)는 고대에 소를 구별하고 잃어버리지 않기 위해 불에 달군 인두로 찍는 낙인 행위에서 비롯했습니다. 드넓은 들판에서 방목하는 소를 다른 무리의 소들로부터 구분하려는 수단이었습니다. 지금은 브랜드란 어떤 이름이나 상징의 의미로 사용됩니다. 브랜드에 비롯한 브랜딩을 말해 보자면 사람들의 머리에서 시작하여 감정적으로 느끼는 것입니다. 사람들은 특정 브랜드에 대한 신뢰감이나 충성도, 편안함 등의 감정을 느낍니다. 그런 감정들을 갖게 하는 긍정적인 경험을 통해 브랜드에 가치와 의미가 부여됩니다.

　예로 세계적인 기업인 애플(Apple)을 들어봅니다. 애플은 뛰어난 제품 디자인과 혁신적인 기술력이란 이미지를 구축한 유명한 조직입니다. 브랜드 전략의 목적으로 독특한 광고나 혁신적인 제품을 제공하면서도 고급스러운 이미지를 구축했습니다. 이로 충성 고객을 확보하였으며, 세계 시장에서 높은 점유율을 달성합니다. 미국이나 한국에서는 애플의 아이폰을 사용하지 않으면 따돌림이나 놀림을 당한다든지 교우 관계에 소외감을 느낀

　　　　　　　　　　　포기는 배추를 셀 때나 하는 말

다고 할 만큼 그 영향력이 막대합니다. 이렇듯 브랜딩이란 관계의 구축을 통해 형성한다고 할 수 있습니다.

사회에는 무수한 사람이 살고 있습니다. 2024년 세계 인구는 81억 명에 달합니다. 우리나라는 5,175만 명을 보입니다. 5천만 내지는 81억 명 속에서 내가 돋보일 방법은 나를 하나의 브랜드로 만들어 다른 사람에게 알리는 것입니다. 그것은 이름이 될 수도 있고 어떤 애칭일 수도 있습니다. 또는 특정한 디자인 등일 수 있습니다. 저는 '펀펀한글쟁이'라는 닉네임과 블로그, '펀펀한재직자'라는 카페를 운영합니다. 다른 이들에게 종종 '펀글'님이라는 축약된 애칭으로 불립니다. 이렇듯 어떠한 브랜드가 주는 이미지, 가치, 관계 형성을 건설적으로 보이게 합니다. 나만의 브랜드를 키워낸다면 긍정적인 경험이 쌓이고, 이로 브랜딩을 통한 관계의 구축을 실현할 수 있습니다.

사람들에게 브랜딩이 각인되면 나를 더 쉽게 알리고 표현하게 됩니다. 인지도가 어느 정도 바탕이 되니 놀라운 기회들이 찾아왔습니다. 한창 대외활동으로 바삐 움직일 때는 인생 설계를 주제로 K-MOOC를 촬영하여 올리기도 했습니다. 각종 학술대회와 교육청 입시특강, 대학교 강의, 유튜브 출연, 기고 등에 나섰습니다. 이러한 활동들은 새로운 사람들과의 관계를 형성하게 합니다. 또한, 나라는 존재를 사회로 알림에 가속이 붙습니다.

여러분도 내 이름이나 나를 효과적으로 알릴 수 있는 브랜딩을 구축해 보길 권합니다.

그 시작은 블로그나 인스타 등 SNS가 될 수도 있고, 특정한 디자인을 바탕으로 한 이모티콘, 캐릭터 등 무궁무진한 방법이 있겠습니다. 세상에 나를 효과적으로 알리고 건설적으로 이미지를 구축해 보십시오. 생각보다 많은 참여나 활동 기회가 주어집니다. 관심을 무기로 시장을 장악하는 인물이 되어 보시기를 바랍니다.

포기는 배추를 셀 때나 하는 말

여행, 사람은 경험으로 성장한다

앞서 사주에 역마살이 있다고 기술하였듯이 저와 배우자는 참 많은 곳을 여행하길 좋아합니다. 지금은 주말마다 근교나 근처 도시로 차를 타고 나가지 않으면 좀이 쑤실 정도입니다. 또한, 코로나19 종료와 아내가 퇴직하고 재정비 시간을 가진 2024년 올해에는 해외여행을 7회나 편성할 정도로 즐겨 다니고 있습니다. 이렇게 돌아다니는 것을 좋아하는데, 시설에 거주하는 수년간 밖을 제대로 다니지 못했습니다. 아르바이트하던 시절에는 가난하여 일하다 잠들기 일쑤였습니다. 약 5년간 군 생활을 할 때는 위수지역을 벗어나지 못하였으니 26세에 사회로 나오고 난 후 늦바람이 든 것 같습니다.

여행은 분명 많은 시간과 돈을 잡아먹습니다. 서울에서 부산을 1박 2일로 여행한다면 KTX 일반실이 편도 50,800원에 숙박비가 100,000원입니다. 3끼를 잘 먹고 커피와 디저트까지 곁들인다면 식비로도 약 60,000~80,000원을 씁니다. 가서도 이동해야 하니 소정의 교통비 약 20,000원쯤이 더 든다고 보았을 때, 도합 300,000원 정도의 지출이 나가겠습니다.

　그래도 가능한 여건이 허락하는 만큼 여행을 다녀 보라고 권하고 싶습니다. 삼면이 바다에 위에는 북한이라 사실상 섬나라인 우리나라는 면적이 100,449.4㎢로 작은 편입니다. 그래도 나름 지역마다 가진 주제가 있고, 4계절을 즐기기 좋습니다. 다니는 저변마다 내가 알고 있는 지식과 시야가 넓어집니다. 도시나 농촌의 성장 과정과 역사, 흐름을 이해하면 좋습니다. 몸은 사무실이나 침대 한 편에 있더라도 다녀옴으로써 쌓인 경험은 남습니다. 이를 바탕으로 한 생각과 상상만큼은 무한정 넓어집니다.

　'사람은 나이가 아니라 경험으로 성장한다.'라는 말이 있습니다.

　나이가 많은 노인이라 하여 모든 이가 현명한 것은 아닙니다. 그 시간에 지식을 충분히 쌓은 이도 있으나, 속절없이 흘려보낸 사람도 많기 때문입니다. 노화와 함께 인지능력이 떨어져 교통사고를 내는 등 아쉽게도 푸릇한 청년의 시기가 지나면 지혜와 능력이 조금씩 감퇴합니다. 나이가 조금 어리다 하여 성취나 지식이 짧으리란 법 역시 없습니다. 올림픽 스포츠 클라이밍(Sports climbing) 대회는 10대 초반의 청소년들이 무대를 휩쓸었습니다. 유엔 세계 무대에 환경 문제를 알린 스웨덴의 그레타 툰베리 역시 어린 학생이었습니다. 결국, 사람은 경험으로 성장하는 셈입니다. 쌓은 식견과 시야를 활용하기 위해서는 건강한 신체가 유지되면 금상첨화이겠습니다.

게스트하우스(Guest house)나 숙박업소의 파티, 지역별 여행 카페 등을 통해 낯선 사람과 만나보면 즐겁습니다. 서로 다른 연령, 직업, 상황별 이야기를 경청하고 나의 이야기를 털어놓아 봄은 또 다른 가치관과 자아를 참고하게 됩니다. 이로 정신적 성숙에 깊이를 더할 수 있습니다. 제 경우도 제주도를 여행할 때 카페를 통해 만난 사람들과 어울려 술을 잔뜩 마셔 보았습니다. 다음 날 새벽에 이들과 한라산 백록담을 올랐습니다. 수 시간을 땀 흘려 오른 후 상쾌하게 내려오고, 곧 시간을 두어 저녁에 다시 만나 흑돼지 삼겹살에 한라산 소주를 기울였던 기억은 든든하고도 뜻깊은 추억입니다. 동해의 게스트하우스를 찾았을 때는 밤새 치맥 파티를 즐겼습니다. 그런 후 몇 사람과 해수욕장으로 나가 돗자리를 깔고 과자를 한데 모아 소박한 파티를 열었습니다. 밤바다 소리와 모인 이들의 이야기를 안주 삼아 시원한 맥주를 마신 것이 행복한 기억으로 남았습니다.

이렇듯 가진 상황이 조금 어려워도 어디론가 훌쩍 떠나거나 쉬고 싶을 때 여행을 포기하지 말고 꼭 여유를 만들어 보시기 바랍니다. 어딘가로 향하여 풍경을 보며 생각에 잠겨 보고, 커피 한 잔과 함께 여유를 만끽해 보십시오. 현재나 미래의 삶을 구상한다거나 편히 쉼을 찾아도 좋습니다. 분명 힘들고 지친 현실을 달래고 상황을 반전시킬 멋진 아이디어나 계획이 떠오를 것입니다.

연애와 결혼의 기준은 무엇일까?

앞서 결혼 이야기를 기재했습니다. 이번 꼭지에서는 연애와 결혼의 기준을 '돈'이 아닌 '사랑'의 가치에 맞춰보자는 얘기를 하고 싶습니다. 이전보다 더 사람들은 공정 내지는 공평한 것을 좋아합니다. 확실한 더치페이라든지, 무언가 손해를 보는 걸 싫어하는 사회가 되었습니다. 블라인드(Blind) 앱이나 인터넷 커뮤니티 게시글을 찾아보면 늘 상위권에 손꼽는 주제는 '결혼'에 대한 갈등 이야기입니다. 거기서도 '돈'과 '손해'가 민감한 키워드로서 갑론을박의 원인입니다.

이 같은 분위기는 결혼 기피 현상으로 이어집니다. '이코노텔링 : 혼수와 주거 비용 때문에 결혼 기피' 기사에 따르면 20~30세대 청년층의 10년 새 결혼에 대한 긍정적 태도가 반토막이 났다고 합니다. 여성층의 주된 이유로는 '혼수비용 및 주거 마련 등 결혼자금 부족'이 모든 연령층에서 가장 많았습니다. 남자들도 이와 별반 다르지 않습니다. '경제적 여건'이 결혼 내지는 출산을 주저하게 만드는 사유로 50%를 넘었다 합니다. 결국, 비싼 주거비와 육아, 사교육비 부담 등으로 형편이 악화했다는 것입니다. 이 핵심 요

포기는 배추를 셀 때나 하는 말

인과 더불어 웨딩업계의 바가지 관행과 불편함도 한몫하겠습니다.

예민하고 어려운 현실임에도 결혼바이럴이 아니냐고 할 정도로 부부생활의 행복함을 담아낸 유튜브 쇼츠(Short) 채널이 있습니다. 바로 2024년 9월 기준 36개의 영상으로 122만 구독자를 넘어선 〈인생 녹음 중〉입니다. 차를 탄 상태에 부부간의 대화나 노래 등을 녹음하여 올리는데, 즐겁고 따스한 특유의 뭉클함이 심금을 울립니다. 사람들도 재미있게, 뜻깊게 보고 힐링이 되었나 봅니다. '진짜 국가 기관보다 결혼을 더 잘 장려하는 부부', '댓글 보면 역시 사람들은 결혼을 싫어하는 게 아니라 불행한 결혼을 할까봐 불안한 거 아닐지 생각이 들어', '이 유튜버 구독자 수가 빠르게 오른 거로 보아 알 수 있는 것, 대한민국 국민들 각박한 사회 분위기에 염증을 느껴서 소소한 부부의 행복한 모습을 보고 대리만족과 이런 결혼생활을 동경하고 바란다는 것' 등 따뜻한 글들을 달며 호응하고 있습니다.

출처: 뷰의 신혼생활

이 유튜버 말고도 〈뿌의 신혼생활〉도 유사한 형태로 행복한 모습을 보여 줍니다. 조회 수와 구독자가 폭발적으로 증가하여 기뻐하는 모습에 사람들은 '귀여운 그림체와 신혼부부만의 그 풋풋함 이것저것 많죠.', '친구 같은 서로를 얻은 건 큰 축복이 아닐까 합니다.', 'ㅋㅋㅋㅋ부부 두 분이 너무 귀여우신 거 아니에요? 늦었지만 결혼 축하드리고 앞으로 다채로운 영상 잘 보겠습니다.'라는 선한 댓글로 답하며 서로를 칭찬하는 감미로운 모습을 보여 줍니다.

돈은 남들과 비교하자면 그 한계를 정할 길 없이 욕심의 끝이 없습니다. 그러나 누군가를 사랑하며 인생을 함께한다는 것은 시간의 흐름에 따라 매 순간을 소중히 하는 것입니다. 사랑을 바탕으로 한 결혼은 삶의 동반자가 생김에 크나큰 안정감과 든든함을 줍니다. 홀로 살아도 어려운 것이 인생이니, 둘이 함께하면 많은 상황이 나아집니다.

저 역시도 가진 돈, 배경, 집안 하나 없이 오직 '좋은 사람이라 인생을 함께하고 싶다.'라는 일념하에서 과감하게 결혼하였습니다. 다른 사람의 눈치를 보지 않았습니다. 부부의 행복과 만족에 맞추어 100만 원 미만으로 스튜디오·드레스·메이크업을 마쳤습니다. 그리고 시골 주택 마당에서 직접 스몰웨딩을 진행하여 500만 원 아래로 백년가약을 맺었습니다. 혼인신고와 결혼식으로 가정을 이룸은 더 책임감을 느끼게 합니다. 배우자의 배려와 챙김 덕택에 더 높이 그리고 널리 도약하여 가정형편을 크게 개선

포기는 배추를 셀 때나 하는 말

했습니다.

　사람이 나이를 들면 각자 가진 주관이 더 뚜렷해집니다. 고로 상대방과 더 무언가를 맞추고 협의하기 어려워지는 면이 있습니다. 그러므로 가치관이 올바르고 나와 알맞은 상대방이라면 일찍이 결혼을 추천합니다. 서로를 더 잘 이해하고 배려하며 미래를 향해 나아가기 쉽습니다.

돈을 어떻게 잘 벌 것인가?

KB경영연구소에서 매년 발표하는 '한국 부자 보고서'가 있습니다. 금융 자산이 10억 원 이상 보유한 사람을 뜻하는데, 2023년을 기준으로 한국의 부자 수는 456,000여 명이라 합니다. 이는 4년간 평균 9%씩 늘어나고 있는 수치입니다. 전국에 70.6%가 수도권에 분포해 있는데, 거기서도 강남 3구(서초, 강남, 송파)에 45%가 거주합니다. 한국 부자들이 보유한 금융자산 규모는 2,747조 원이며, 부동산 자산 규모는 2,543조 원이라 하니 어마어마한 수치입니다.

전 부자가 되고 싶었습니다. 지금도 그렇습니다. 성장기에 가난한 시절을 오래 겪었습니다. 어른이 되면 궁핍하게 살고 싶지 않았습니다. 사회로 독립한 2014년부터 2018년인 약 5년간은 큰 계획 없이 의식주 해결과 안정만을 쫓아 제대로 된 미래를 설계하지 못했습니다.

포기는 배추를 셀 때나 하는 말

2019년부터 현재까지 약 6년간은 '어떻게 부자가 될 것인가?'를 고민하고 목표했습니다. 가능한 모든 날과 시간을 낭비 없이 활용하고자 했습니다. 수년간 캘린더를 채운다는 '캘박'을 해오며 할 수 있는 모든 것을 실천했습니다. 근로, 이직, 블로그 및 카페 운영, 대외활동, 유튜브, 부업, 대학 학업과 직장 병행, 대학원과 직장 병행, 공저 집필, 그리고 이 책의 집필 등 성취를 위해 달렸습니다.

500만 원의 자립정착금을 들고 월 100만 원의 최저시급을 받던 상황이 엊그제 같습니다. 이리 달려보니 10년 만에 세무 환급 스타트업 '삼쩜삼'이 발행하는 '소득 인증서'에 20대 중 상위 4%, 가입자 상위 11%의 근로소득을 수령하고 있습니다. 다른 소득을 종합하여 신고하는 종합소득세 신고 기간에 추가 수입을 신고하여 내년이나 내후년에 반영된 소득을 보면 이는 더욱 올라가겠습니다.

부동산을 비롯한 자산도 일약 비약하였습니다. 열아홉에서 스무 살에 청주에서 '강산애'라는 원룸에 살았습니다. 보증금 100만 원과 월세 30만 원을 내었습니다. 월 100만 원의 소득 대비 값비싼 주거비를 지출했습니다. 가진 자산이 0원이었습니다. 진력한 덕분인지 10년 만에 6억 원 내외의 수도권 자가를 마련하였습니다. 월 75만 원씩 연금을 저축하며, 전기차를 굴리고 금융자산을 쌓고 있습니다.

이 외에도 키워낸 자산이 있습니다. 교육에 의한 인적 가치 향상입니다. 고졸 신분에서 대학교 졸업은 물론이고, 대학원 재학까지 달려왔습니다. 이로 지식을 바탕으로 평가받는 '나'의 가치를 올렸습니다. 책을 공저로나마 출판해 본 기록도 가치 상승에 도움이 됨은 이루 말할 수 없습니다.

결과적으로 아직 부자가 되지 못하였기에 부자가 되는 방법은 정확하게는 잘 모르겠습니다. 그래도 소득과 자산 그리고 가치를 높이는 방법은 조금이나마 깨달았습니다. 크게 두 가지인 듯합니다.

첫 번째는 '시간을 어떻게 활용할 것인가?'이고, 두 번째는 '현재 가치를 미래의 큰 가치로 얼마나 보낼 수 있는가?'입니다.

포기는 배추를 셀 때나 하는 말

게임이나 술, 무분별한 이성 교제로 보내는 시간은 재미를 줄 순 있습니다. 그러나 가치를 향상하는 데는 도움이 못 됩니다. 학업, 근로 능력 향상, 독서, 기술 배움, 나만의 브랜딩 구축 등에 시간을 투자하고 노력해야 합니다. 이로 성취를 일군다면 그만큼 나의 가치는 향상합니다. 또한, 현재 가치를 미래의 큰 가치로 옮기는 것이 필요합니다. 예를 들어 5%의 예금이 넘실거리는 시대라면, 현재의 100만 원은 1년 후 105만 원의 가치가 있습니다. 그런데 이를 가지고만 있으면 화폐가치가 그만큼 하락합니다. 나는 1년 후 100만 원에서 5%만큼을 제한 재화를 가진 바나 다름없습니다.

재화를 가지고 있으면 다행입니다. 가진 돈이 적으므로 고수익, 고위험을 좇아 투자하다가 날릴 위험이 있습니다. 원금 손실이 나면 그만큼 다시 모으는 데 시간과 기회비용을 잡아먹힙니다. 그러므로 사회초년생 때 즐기자며 그사이에 골프를 치고, 뮤지컬이나 콘서트 등을 찾아다니는 것은 지양해야 합니다. 취미로 한 달에 100~300만 원씩 지출하는 것에 습관이 들리고 비싼 차를 운용하면 더 부자가 되기 어렵습니다. 보장된 미래와 이룩하는 부는 인내와 꾸준함에 달려 있습니다.

현재의 수입으로 발생하는 현금흐름을 미래로 보내야 합니다. 안정적이거나 다소 공격적인 금융상품을 적절히 배분하며 꾸준히 월 적립식으로 투자하면 좋습니다. 정기적으로 자동이체를 거는 등 미래의 큰 가치로 환원되도록 기조를 만들고 유지하는 것이 중요합니다. 이로 수천만 원에서 억 단위의 종잣돈을 마련하면 거의 성공입니다. 그간 키워진 시야와 인내심을 바탕으로 꾸준히 투자(물질뿐만 아니라 내 개인의 교육, 가치 향상, 시간에 보탬이 되는 것 등을 포함)하여 선순환 구조를 만드는 것이 좋습니다. 투자는 잘 알아보고 숙고하는 것도 중요하지만, 자칫하면 핑계가 될 수 있습니다. 그러므로 안정적인 금융상품부터 당장 계획을 세우고 투자하는 실행력이 더욱 필요하겠습니다.

포기는 배추를 셀 때나 하는 말

자신의 권리를 찾고 주장하라

　권리(權利)를 분류하여 설명하기엔 복잡다기한 개념 존재하여 쉽지 않습니다. 그러나 대표적으로 인간이라면 누구나 누릴 수 있는 법으로 규정되기 이전의 원초적인 권리인 '인권'이자 '자연권'이 있습니다. 각 나라에 헌법에 규정이 된 국민이 누릴 수 있는 기본적인 권리인 '기본권'이 있습니다. 대한민국 헌법에는 이를 크게 인간으로서의 존엄과 가치, 행복추구권, 평등권, 자유권적 기본권, 정치적 기본권, 청구권적 기본권, 사회적 기본권 등으로 구분하여 규정합니다. 이 외로도 효력에 따라 민법에서 지배(支配), 청구(請求), 항변(抗辯), 형성(形成)도 있습니다.

　왜 갑자기 어려운 얘기를 하나 싶겠습니다. 이런 권리는 누구나 가지고 있음이 중요합니다. 특히 상대방에게도 부여되나 자신에게도 적용됨이 핵심입니다. 쉽게 말하자면 '나'라는 존재의 의의는 누군가에게 무시당할 이유가 없습니다. 또한, 돈이나 권력, 계약 관계에 따라 짓밟힐 하등의 사유가 없습니다. 저는 아르바이트로 편의점, PC방, 휴대전화 액세서리 판매 등의 일을 해 보았습니다. 계약직으로 면사무소에서도 근로해 보았습니다.

아웃소싱 업체의 파견으로 일용직도 겪었습니다. 이러한 일들은 수행하기 위해서는 큰 노력이 필요하지 않습니다. 단순 인력의 제공으로 거의 누구나 할 수 있습니다. 그런데 그러한 만큼 고용 관계나 급여를 책정하고 받는 데 있어 불합리한 일이 자주 일어납니다.

편의점과 피시방, 휴대폰 액세서리 판매 아르바이트를 할 때는 '주휴수당'을 알면서도 지급하지 않는 사업주가 다수였습니다. '근로계약서'를 작성한 적도 없습니다. 5인 이하 사업장이므로 여타 근로자의 날이나 휴일 및 연장근무 수당에 대한 추가 수당을 주지도 않았습니다. 야간이나 주간에 일하기로 정하였는데, 어느 정도의 기간이 지나면 다른 시간대에 근무할 것을 요구받기도 하는 불합리한 일이 빈번합니다.

면사무소 계약직 생활은 어떠했겠습니까? 사무직으로 단순 행정 업무를 맡기로 했었습니다. 그런데 차츰 가구 나르기, 짐 옮기기 등 힘을 쓰는 일을 시키기 시작했습니다. 결국, 태풍이 온다고 비바람이 몰아치는 해수욕장에 나갔습니다. 큰 자루에 삽으로 모래를 담고 쌓아 내는 방파제 구축에 동원된 것입니다. 또한, 술자리에서는 술을 마시지 않는다며 던진 소주잔에 맞아 보았습니다. 이에 부당함을 토로해도 잘못은 저 사람이 했지만 "네가 가서 죄송하다고 하라."는 어이없는 말을 듣기 일쑤였습니다.

일용직 근로도 불합리함이 상존합니다. 시간당 약속된 돈을 받기로 하고 근로하였는데, 정작 입금된 금액을 보니 더 적었습니다. 따져 물으니 "원청

포기는 배추를 셀 때나 하는 말

으로부터 받은 돈이 생각보다 적어 적게 배분할 수밖에 없었다."라는 답을 줬습니다. 카카오톡 단체 채팅방에 속하여 같이 일했던 이들은 이런 일을 자주 겪었던지 이해하는 분위기였습니다. 부당함이 다수를 좀먹고 있음을 알 수 있던 경험이었습니다.

우리가 그들의 논리대로 모두 감내하는 게 알맞습니까? "좋게 좋게 가는 것이 좋은 것"이라며, "사회생활이 다 이렇다."라는 둥 "남의 돈 벌어 먹고 사는 게 쉬운 일이 아니다."라고 갖가지 말로 사람을 현혹하고 어르고 달랩니다. 그러나 이렇게 내 권리를 앗아가는 행위는 용납지 않아야 합니다. 따져 묻기가 쉽지는 않습니다. 얼굴을 마주하던 이에게 화를 내야 할 수도 있습니다. 그 화를 역으로 들어야 할 때도 있습니다. 그러나 쉬이 한두 번 타협하고 이해하기 시작하면 그 태도는 삶에 쭉 이어집니다. 나의 권리가 침해받고 탄압받으며 무시당해도 '그러려니'하고 넘어가게 되는 것입니다.

전 그 어려운 상황에도 권리를 주장했습니다. 이용할 수 있는 제도를 찾아 적용했습니다. 사유는 다양했습니다. 근로계약서 미작성과 근로 시간의 미준수가 있었습니다. 주휴수당을 받지 못한 점도 짚었습니다. 최저시급보다 못 미치는 돈을 책정하여 지급한 것을 문제 삼았습니다. 불합리한 수습 기간과 임금 삭감 등을 모아 노동청에 진정을 넣었습니다. 결과는 어떠했겠습니까? 악덕 사업주들은 무시하고 벌컥 화를 냈습니다. 그러나 노동청 근로감독관 앞에서는 당장 주어질 벌금 등의 불이익이 두려워 사과하며 모두 계산하여 보전해 주었습니다. 이 업계가 좁다며 협박하던 이도 있었습니다. 돌이켜 보면 그 사람이 협박하였다 하여 인생에 1원의 손해가 발생한 적도 없습니다. 오히려 법과 합리를 어기고 나의 권리를 탄압한 것은 상대방이기에, 당당할 필요가 있습니다.

고용 관계와 돈과 관련하여 예시를 들었습니다만, 권리를 찾아 주장해야 하는 것은 이뿐만이 아니겠습니다. 사람은 여러 사람과 어울려서 살아야 하는 사회적인 동물이자 존재입니다. 사회에서는 다양한 이를 마주합니다. 나의 주관과 상대방의 생각이 잘 맞을 때도 있습니다만, 때때로 충돌하거나 조정이 필요한 상황이 자주 발생합니다. 이때마다 '좋은 게 좋은 것'이라며 수그리는 것은 사실 나를 위한 좋음이 아닙니다. 상대를 위해 내 권리를 넘기는 것입니다. 의무를 다하는데 권리는 없는 상황을 만들지 마십시오. 상대도 나도 인권이자 기본권을 비롯한 권리가 있음을 상기하시기 바랍니다. 상대의 자유와 권리를 침해하지 않는 선에서, 또 나의 자유와 권리를 침해받지 않는 명확한 선을 그리고 삶을 살아가시길 바랍니다.

포기는 배추를 셀 때나 하는 말

자립할 때 가져야 할 마음가짐은 이것

  사회를 살아가는 마음가짐에 도움이 될 세 가지 뜻을 전합니다. 첫 번째는 '세상에 공짜 점심은 없다.'입니다. 검색 포털사이트에 '고아원 나온 자식을 다시 찾는 부모들'을 검색하면 제가 인터뷰한 내용이 나옵니다. 사진들로 일부 내용만 보이는데, 자세한 것은 〈TV러셀〉에 고아 제목을 찾으면 여러 편이 있습니다. 골자는 자립정착금과 수당 등 돈을 노리고, 사회로 나서는 자립준비청년을 찾는 부모가 많다는 것입니다. 그런데 사회 정착을 앞둔 자립준비청년을 표적으로 삼는 것은 파렴치하거나 몰상식한 부모뿐만이 아닙니다.

  자립준비청년 등 어려운 이들의 꿈을 위한 지원금을 지급하는 '마이리얼 캠페이너'라는 대외활동이 있습니다. 여기서 여러 사람을 만났습니다. 저녁 식사를 함께하며 이야기를 나누던 중 한 사례가 유독 기억납니다. 한 자립준비청년이 씁쓸한 표정으로 이야기를 꺼냈습니다. 동생이 있는데 아마 사이비종교에 빠진 것 같다는 얘기였습니다. 그 말을 듣고 '왜 자립준비청년을 표적으로 삼았을까?'하는 의문이 들었습니다. 곰곰이 생각해 보니 그럴싸한 이유가 있었습니다.

바로 자립준비청년에게 제공되는 경제적 혜택이 사기꾼이나 사이비종교 등이 노릴 만하다는 점이었습니다. 자립준비청년은 여러 경제적 혜택이 주어집니다. 첫 번째는 디딤씨앗통장(보호 아동이 일정 금액 적립 시 1:2 비율, 월 10만 원 한도로 정부 적립금 매칭)이 있습니다. 두 번째는 국민기초생활보장(보호 종료 후 5년간 생계급여 수급자격 완화)입니다. 세 번째는 자립 수당(5년간 월 50만 원 지원)이 있으며, 네 번째로 자립정착금(지역별 다르나 서울의 경우 2천만 원 지급)을 받습니다.

결과적으로 자립준비청년은 아동양육시설 퇴소 시기에 수천만 원의 현금이 있습니다. 5년간 일을 하지 않아도 자립 수당과 기초생활보장에 의해 월 120만 원 이상의 안정적인 돈이 들어옵니다. 이로 정서적 결핍을 가진 자립준비청년에게 이성 관계, 부모의 정, 소속감 등 여러 욕구를 미끼로 접근하는 악인이 많겠다는 결론에 도달했습니다. 저 같아도 사기꾼으로 돈이나 착취하려는 마음을 먹는다면 자립준비청년만큼 유혹하기 좋은 대상이 없겠다 싶습니다. 보호해 줄 마땅한 가족이나 친구들이 없기에 더욱 그렇습니다.

그러므로 꼭 전하고 싶은 말이 있습니다. "세상에 공짜 점심은 없다." 노벨 경제학상을 받은 미국의 경제학자 밀턴 프리드먼이 남긴 명언입니다.

　　　　　　　　　포기는 배추를 셀 때나 하는 말

어떤 이익을 얻기 위해서는 상응하는 비용을 지급해야 한다는 뜻이지만, 이러한 위험에도 적용할 수 있는 말이겠습니다. 내게 대가 없는 상대의 호의란 거의 존재하지 않습니다.

날이 시원해지거나 따뜻해져서 밖을 돌아다니기 좋습니다. 좋은 계절에 길을 걸으면 누군가가 접근합니다. "유월절에 대해 들어 보셨나요?", "인상이 선하게 생기셨네요!"라는 말을 건네면서 말입니다. 경계해야 할 대상은 이런 부류만이 아닙니다. 사기는 그나마 잘 아는 주위 사람에서부터 일어날 가능성이 큽니다. 자립에 쓸 소중한 종잣돈과 월마다 들어오는 돈을 소중히 다루길 바랍니다. 고심하여 미래를 설계하는데, 생활을 위해 사용하기를 바랍니다. 늘 경계하고 또 경계하십시오. 내 자산을 탐하는 이들의 감언이설을 조심하십시오.

당신을 위한 두 번째 당부입니다. 자신을 소중하게 여기고 건강을 잘 돌보길 바랍니다. 전 가진 것이 없어 발을 헛디디면 재기하기 어렵다는 걸 알면서도 변화와 도전을 멈추지 않았습니다. 이는 나를 소중히 여겼기 때문입니다. 포기하고 흘러가는 대로 살겠다는 마음가짐은 자신을 돌보지 않음에 가깝습니다.

2024년 아시아 여성과 한국인 최초 노벨문학상을 수상한 한강 작가는 아이를 낳지 않겠다고 생각했답니다. 그녀가 계획에 없던 출산을 결심한 것은 남편과의 일화에 비롯합니다. 그녀는 '세상에는 아름다운 순간들이 많고 살아갈 만하지만, 세상에 태어난 아기가 이를 느낄 때까지 대신 살아줄 수 없다.'라는 현실에 출산을 고민했다고 합니다. 아이가 세상의 아름다움을 느끼기 전까지, 혹을 이를 느끼지 못할 경우 평생 겪을 수 있는 고통을 상상하며 우려를 표한 것입니다. 그러나 한강 작가의 남편은 고민하는 그녀에게 이렇게 말했답니다. "세상에 맛있는 게 얼마나 많아. 여름엔 수박도 달고, 봄에는 참외도 맛있고, 목마를 땐 물도 달잖아. 그런 거, 다 맛보게 해 주고 싶지 않아?", "빗소리도 듣게 하고, 눈 오는 것도 보게 해 주고 싶지 않아?"라고 말입니다. 여름의 열기로 설탕처럼 부스러지는 붉은 수박은 무척 답니다.

이처럼 '나'라는 존재는 맛있는 것들로 행복을 느낄 수 있습니다. 이 사회와 세상도 그렇습니다. 4계절을 가진 우리나라는 아름답습니다. 지역별로 각양각색의 매력이 있습니다. 세상에는 실로 다양한 국가도 있습니다. 세계는 넓고 가 보아 경탄을 느낄 기회가 많습니다. 수십억 인구 중에 나라는 존재는 단 하나로서 존재합니다. 무척이나 가치 있고 귀한 자신을 소중히 여기고, 잘 대하고, 사랑하길 바랍니다. 사랑에 빠진 연인에게 모든 것을 해 주고 싶다는 마음을 내게 적용해 보는 것처럼 말입니다. 건강한 자존감은 나의 마음가짐과 표정과 태도와 생각을 정립해 줍니다. 자신을 소중히 여기고 건강을 잘 돌본다면 끝내 이루지 못할 것이 없겠습니다.

포기는 배추를 셀 때나 하는 말

마지막 세 번째 이야기입니다. 4대 보험을 피하지 말고, 이를 삶의 불확실성을 줄이는 도구로 잘 사용하길 바랍니다. 우리나라에는 '국민연금', '국민건강보험', '고용보험', '산업재해보상보험'이라 불리는 사회보장제도가 있습니다. 이는 실업, 질병, 빈곤 등의 사회적 위험으로부터 삶을 보호하고 질을 향상하는 데 필요한 제도입니다.

자립준비청년으로 사회에 나와 자립하는 과정에는 '자원의 저주'에 빠질 위험이 있습니다. 자원의 저주란 본래 천연자원이 풍부한 나라의 경제성장률이 그렇지 않은 국가보다 상대적으로 저하됨을 말합니다. 이는 개인의 삶에도 적용됩니다. 기초생활수급보장제도를 통한 수급비와 자립수당은 다달이 100만 원 이상의 돈을 내 통장에 넣어 줍니다. 한국토지주택공사의 임대주택으로 수년간 주거비 걱정도 적습니다. 이렇다 보니 별다른 발전 없이 현재에 만족할지도 모릅니다. 또한, 수급 자격을 잃지 않는 것에 급급할 수 있습니다. 돈이 더 필요하면 임시 계약으로 노동하는 '긱 워커(Gig worker)', 일용직, 비정규직으로 소득을 수취하는 식입니다.

그러나 이는 장기적인 자기 발전에 도움이 되지 않습니다. 시간은 계속하여 흐릅니다. 나이를 먹습니다. 주거 지원과 자립수당은 수년 뒤 소멸합니다. 즉, 받는 혜택은 영원하지 않습니다. 황금 같은 시기에 이력과 경력을 쌓지 않으면, 향후 사회에서 나의 가치가 크게 떨어집니다. 지속하여 어려운 삶을 살 가능성이 높습니다.

그렇기에 근로의 기회를 찾아 잡았을 때 4대 보험에 가입하고, 제도권 내에 속하는 것을 두려워하지 않아야 합니다. 일을 해 보다가 불가피하게 잘되지 않아도, 고용보험에 가입해 두었다면 실업급여를 수령합니다. 국민연금과 건강보험을 비롯한 사회보장제도로 미래를 준비하고, 나의 건강을 돌볼 수 있습니다. 그러므로 시간과 주어지는 혜택을 활용하여 '자원의 축복(Resouce blessing)'과 같이 내 가치를 크게 향상해 보길 바랍니다. 삶의 불확실성이 줄어들고 생각보다 살아 볼 만한 세상이 펼쳐질 것입니다.

포기는 배추를 셀 때나 하는 말

딱 10년 만의 변화, 개천에서 용이 난다

지독히도 살기가 힘들어 자살을 생각했던 어린 시절이었습니다. 흙수저란 가난의 신분을 벗어나기 위해 억척같이 살아온 과정을 넣었습니다. 그리고 당신을 위한 청년 멘토로 틀을 짜서 책을 구성했습니다. 책을 쭉 내리 읽었다면 느끼셨겠지만, 이는 제가 역경을 딛고 성공적인 변화를 일구어낸 역사입니다. 그리고 그 과정에 유용하게 쓰인 정보와 느낀 바를 기재했습니다.

2014년, 고등학교를 졸업하며 동시에 사회로 나와야 했습니다. 누구의 도움 없이 그로부터 죽지 않고 어떻게든 발버둥 치며 살아온 시절이었습니다. 독립으로부터 약 10년이 흘렀습니다. 10여 년간 삶에 많은 것이 바뀌었지만, 정량적으로 보이는 큰 틀만 정리해 본다면 다음 표와 같습니다.

연도	2014년 (19세)	주요 내용
학력	충주공업고등학교 고졸	前 숭실대학교 금융경제학과 졸업 現 연세대학원 석사과정 中
거주방식	고시원급 월세방	수도권 신축 아파트 자가 보유
근로 형태	비정규직 아르바이트	대기업 정규직
개인 월 소득	월 100만 원 수준	월 500만 원 이상
소득 형태	근로소득	근로소득 및 기타소득(인세 등)
가족 형태	고아	결혼
발자취/영향력	없음	- 출간 『채권 투자 무작정 따라하기』 - 화성시 일부 지역사회 영향력 있음 - 네이버 카페지기(2개 카페, 회원 1만 2천 명 이상) - 블로그 운영과 유튜브 출연 - K-MOOC 출연(인생 설계), 강사 활동 - 학술대회 사례발표 등 대외활동 등

위에 기재하기 어려운 정성적인 많은 변화도 있습니다. 그간 더 많이 배우고 다양한 사람을 만났습니다. 더 깊이 있는 일독의 연속을 통해 독서량을 늘리고 사고와 생각의 깊이를 다졌습니다. 심리상태는 불안하기 일쑤였던 예전보다 훨씬 안정적으로 변화했습니다. 뚜렷한 주관을 만들었습니다. 세상이 잿빛인 줄 알았습니다. 그러나 차츰 성취해 내고 몰랐던 것을 배우며 넓은 세상을 다니다 보니 참으로 다채로운 색상이 존재함을 깨달았습니다. 이전까지 악취의 연속이었던 것이 여러 향취가 있는 세상임을 느낍니다.

제가 그러했듯이 딱 10년만 정진해 보십시오. 10년이 너무나 아득하면 1년을 권합니다. 1년도 아직 꾸준히 실천하기 어렵다면, 1달이나 아니면 하루는 어떻습니까? 참으로 살기 어려운 세상입니다만, 천천히 그리고 꾸준히 성공적인 변화를 위해 한 걸음을 내디디고 시간을 배분하여 사용해 보시기 바랍니다. 당장 눈에 띄지 않아도 지나 보면 좋아지고 있는 나와 내

포기는 배추를 셀 때나 하는 말

주변의 모습을 확인할 수 있습니다. 이 책이 당장 오늘이라도 당신의 운명을 바꿀 용기를 주면 좋겠습니다.

돌이켜 보니 결국 '되는가 vs 안되는가'의 차이입니다. 세상을 가능성으로 보기보다 가능하다고 생각함이 좋습니다. 어떤 도전을 통해 제비뽑기할 기회가 주어졌다고 생각해 봅니다. 추첨 통 안에 '당첨'이라고 쓰여있는 종이가 1표, '낙첨'이라고 써진 종이가 9표가 있다고 칩니다. 많은 사람은 10%의 확률뿐이기에 어렵다거나 불가능에 가깝다는 비관적인 가능성을 내세우고 짐짓 포기하곤 합니다. 그런데 제 생각은 이렇습니다. 결국, 이번 도전의 결과는 '당첨' 또는 '낙첨'인 둘 중 하나라고요. 10%이건 1%이건 결과는 '되는가 vs 안되는가'의 차이이므로, 50%나 다름없다고 낙관적으로 판단합니다. 도전을 통해 얻은 기회의 결과가 낙첨이라고 하더라도, 다음 기회를 만들기 위해 또 움직이고 행동합니다. 그러다 보면 아득하고 불가능해 보이던 당첨은 무수한 도전을 통해 거머쥐는 때가 더 많아집니다. 어느 순간에 오르면 과거보다 더 쉬이 많은 기회를 만드는 나로 성장하게 됩니다.

당신께서 '계층 간 사다리는 올라타기에 불가능하다.'라거나, '신분의 변화는 꿈만 같다.'라고 의식적으로 불가(不)를 단언하거나 무의식적으로 생각했을 수 있습니다. 이러한 불가론을 타파하고 긍정적 사고방식, 그리고 도전할 수 있는 용기를 주는 책이 되었으면 좋겠습니다. 그리하여 개천에서 하늘을 향해 비상하는 용. 즉, 개천 용이 여럿 나타나면 좋겠습니다. 함께 마음껏 널찍한 세상을 날아다닐 때를 바랍니다. 앞서 소개한 제목으로 글을 맺습니다.

포기는 배추를 셀 때나 하는 말

끝까지 읽어 주셔서 대단히 감사합니다.

부록

자립아동정책의 방향을 말하다

연세대학교 행정대학원에서 '커뮤니티 복지제도론'이란 수업을 들었습니다. 그 수업에서 발표 주제로 삼아 이야기한 '아동복지시설 및 보육아동의 현황과 지원정책의 문제점 및 개선방안'의 내용 중 일부입니다. 아동복지시설 출신(특히, 비인가와 인가시설을 경험한)으로, 빈곤과 저소득을 주제로 겪은 경험을 더해 문제점과 개선안을 제시해 봅니다.

아동복지시설에 관한 지방 사무를 국가 사무로의 전환

1) 문제점

지방 사무 운영에 따른 문제입니다. 지방자치단체장의 의지나 재정 여건에 따라 지역 간에 복지예산과 복지 수준의 차이가 발생합니다. 이로 보편적 서비스가 이루어지지 못합니다. 시설, 아동, 종사자별 지원금액 차이의 발생으로 아동 복지서비스 격차가 발생하고 있습니다. 때문에 복지의 질이 저하되는 부작용이 있습니다. 문제는 「보조금 관리에 관한 법률」에서 '아동

시설운영'은 보조금 지급 제외 사업으로 규정되어 있다는 점입니다.

2) 방향 제시

사회복지 행정이 대부분 국가 사무로 환원되었습니다. 2015년부로 노인과 장애인, 정신요양시설 등은 국고보조 사업으로 환원되었습니다. 이에 아동양육시설 운영지원도 환원이 필요합니다. 특히 아동 기본권 보호와 동등한 복지, 성장 권리를 보장받기 위해 더욱 그렇습니다. 국가의 안정적이며 지속적인 지원과 관리가 이루어지길 바랍니다.

성공적 자립에 대한 지원제도 변화

1) 문제점

과거보다 복지예산이 확충되었습니다. 이로 부모, 가정의 온전한 사랑을 받지 못한 아동을 위해서 여러 구성원이 돈으로 해결하려는 경향이 있습니다. 이는 '시설 병'의 발생을 초래합니다. 여기서 시설 병이란 불평과 불만, 의욕 상실, 인내와 끈기의 부족, 노력하는 성향 없음, 배려와 이해심 부족, 의무 없이 권리만 강조, 자립 의지 없음 등입니다. 이러한 시설 병이 나타나는 근본적인 이유는 물 쓰듯 예산지원을 퍼부음에 비롯합니다. 노력을 안 해도 받는 것이 당연한 기조입니다. 원하는 것을 모두 해주는 것이 익숙한 계약 관계로 인식됨을 바꾸어야 하겠습니다.

포기는 배추를 셀 때나 하는 말

2) 방향 제시

무작정 예산지원을 하기보다는 다른 대책을 병행하여 실행해야 합니다. 자존감 및 자립 의지 향상과 직업 교육에 대한 성과보상으로 연계하면 좋겠습니다. 지금 시행하는 퍼주기식 제도가 많습니다. 퇴소 후 5년간 시설에서의 사례관리가 있고, 자립정착금을 지급합니다. 5년간 월 50만 원씩 자립 수당 지원하고 있으며, LH 전세주택자금도 제공합니다. 퇴소 아동은 만 30세 미만까지 부양의무자 기준 폐지되며, 기초생활보장 수급자 선정이 쉽습니다. 그뿐만 아니라 주거 지원 통합서비스 및 디딤씨앗통장 등이 있습니다. 이처럼 많고 많은 퍼주기식 무작정 예산지원은 탈(脫)수급과 자립 의지를 키우는 데에 악영향을 미칩니다.

구분 없는 양육을 또래별(학령별)로 개선

1) 문제점

현재 아동 양육시설은 0세부터 24세의 아동이 입소하여 생활합니다. 이때 양육 형태는 크게 2가지로 구분됩니다. 첫 번째는 또래별 양육(비슷한 나이의 아이들이 모여 생활하는 형태)입니다. 두 번째는 구분 없는 양육(나이에 상관없이 영유아, 초등, 중등, 고등, 대학생을 고루 분포시키는 형태)입니다. 후자인 구분 없는 양육은 아동의 안전과 보호에 악영향을 미칩니다.

2) 방향 제시

아동복지시설에서의 아동은 개인별 공간적 여유가 적습니다. 그리고 수시로 입·퇴소 아동이 발생하여, 특정한 분위기를 정착시키기가 어렵습니다. 일부 사람은 구분 없이 양육함을 주장합니다. 아동들의 전인적인 발달에 배울 것이 많다는 이유입니다.

그러나 경험한 바는 전혀 다릅니다. 많은 상처와 아픔을 가진 아동들이 입소하는 만큼 시설에서는 위와 같은 이상적 이론은 불가능에 가깝습니다. 저학년은 고학년의 체급 차이로 인한 폭력행사(성적, 신체적, 정서적, 절도, 강제적 행위)에 자유로울 수 없습니다. 그러므로 또래별 양육을 법제화하는 등 확산과 여건 보장이 필요하겠습니다.

시설별 불분명한 아동 인권보장에 대해 규약의 정함

1) 문제점

시설별 규약으로 삼는 아동 인권보장은 관련한 강행적 지침이나 기준이 없습니다. 시설 운영의 단순 편리만을 위해 잦은 인권 침해가 발생합니다. 대표적인 사례로 연대책임, 영유아 및 저학년 아동의 대소변 실수에 수치심을 주는 체벌, 통금 시간의 강제 적용, 단발 및 스포츠머리의 두발 제한, 취침 시간의 통제, 핸드폰 사용시간 등입니다. 이러한 교도소식 관리가 아동복지시설에 일상화되어 있습니다.

포기는 배추를 셀 때나 하는 말

2) 방향 제시

인권 감수성, 케이스 바이 케이스 접근 등 시대의 변화에 따른 아동 인권 존중에 대한 인식 변화가 필요합니다. 아동의 올바른 성장을 위한 복지사에 대한 체계적인 교육은 물론입니다. 아동 인권보장 규약의 강행 기준과 표준화도 필요하겠습니다.

문제아동(비행, 욕설, 폭언, 폭행)에 대한 전문적 치료 및 체벌 제도

1) 문제점

다양한 유형의 아동이 입소하는 시설에는 특징이 있습니다. 인격이 덜 형성된 피해 아동들이 한곳에 모여 생활한다는 점입니다. 아동이 한곳에 모이면, 피해 아동이 가해 아동으로 변화하는 순서를 밟습니다. 문제아동은 시설 운영의 분위기와 존립을 흔들기도 합니다. 그런데 이런 문제를 시설 자체적으로 해결해야 하는 현실입니다. 또한, 통고제도는 아동의 말만 듣고 부정적인 언론 보도가 발생하는 등 악순환이 대물림됩니다.

※ 통고제도 : 범죄, 비행을 지속하는 10-19세 미성년자를 시설장이 소년부에 재판을 요청하는 제도

2) 방향 제시

정부와 지자체 등이 시설 자체적으로 해결 불가한 한계선을 명확히 인식합니다. 현실을 파악한 후 지원과 인력 운용이 필요합니다. 문제아와 가해

아동 및 피해 아동에 대한 전문적인 치료를 제공해야 합니다. 그리고 책임에 따른 처벌 제도를 마련하고 시행합니다.

입양 확산과 인식 전환을 위한 업무체계의 구축

1) 문제점

아동복지시설에는 유기 아동도 있지만, 원래 가정과 분리되어 온 아동도 있습니다. 후자인 원래 가정과 분리되어 온 아동은 다르게 접근해야 합니다. 아동복지시설의 양육보다 가정에서 개별적이고 집중적인 사랑을 받음이 행복과 건강한 성장에 더 바람직합니다.

2) 방향 제시

입양 확산과 인식의 전환이 필요합니다. 이를 위해 입양특례법(양자가 되는 아동의 권익과 복지를 증진하는 것을 목적으로 하는 법)이나 부속한 시행령 등을 개정하면 좋겠습니다. 현재 아동권리보장원 입양인 지원센터의 입양기록보존, 아동보호 종합센터 등 관계 기관이 존재합니다. 아동양육시설 간의 적극적인 업무체계의 구축으로 입양 확산과 인식 전환이 되길 바랍니다.

포기는 배추를 셀 때나 하는 말

현금성 지원이 아닌 제도적 체계 구축과 시행 및 추적

1) 문제점

아동이 퇴소하면 5년간 지원되는 자립 수당이 존재합니다. 2022년 8월 경에는 월 35만 원, 2023년 월 40만 원, 2024년 월 50만 원으로 인상하여 제공하는 상황입니다. 자립정착금의 경우 2024년도에는 17개 시, 도 모두 가 보건복지부 권고 기준인 1,000만 원 이상을 지원하는 상황입니다.

좀 더 살펴보면 서울은 2,000만 원 정도이며, 대전, 경기, 제주도는 1,500만 원입니다. 경상남도는 1,200만 원이고, 이 외 지역은 1,000만 원을 지원하고 있습니다. 또한, 보호 아동이 0~17세까지 일정 금액 이상을 저축 하면 1:2 비율로 지원금을 매칭 하는 정책금융상품도 존재합니다.

2) 방향 제시

제공하는 현금성 지원을 늘리는 바람직하지 않습니다. 목돈을 올바르게 만 쓰면 자립에 큰 도움이 됩니다. 그러나 현실은 이와 다른 행태를 보입니 다. 아동들에게 금융이나 경제와 관련한 교육이 적습니다. 교육이 있다고 하더라도 만 18세 성인이 되는 시점에 돈을 통제하기란 요원합니다. 명품 이나 차를 구매하는 데 쓰이는 경우가 잦습니다.

이 돈을 노리고 접근하는 이가 많습니다. 자립준비청년 자조 모임에 한 사례를 들었습니다. 특정 종교단체에서 외로움에 인간관계가 결핍된 아동에게 의도적으로 접근한다고 합니다. 남자아이면 여성을, 여자아이면 남성을 결합하는 식입니다. 퇴소 시기의 아동을 수천만 원의 일시금과 월 50만 원의 자립 수당, 기초생활수급제도 적용을 통한 월 70만 원이 더 주어지는 캐시 카우(Cash Cow)로 보는 것입니다. 가족관계가 없거나 불안정하기에 꾀어내도 뒤탈이 없습니다. 즉 손실은 현저하게 적으며 꾀어내기는 쉬운 표적으로 보고 접근하는 것입니다.

그러므로 IRP 개인연금저축 수준을 참고하면 좋겠습니다. 일정 기간 목돈을 사용치 못하도록 묶습니다. 그리고 결혼자금 또는 주택구매의 사유 등이 있을 때 쓰도록 합니다. 추가로 자조 모임이나 정기적 연락망 구축 체계를 갖추어 확인하면 좋겠습니다. 퇴소 아동을 지속 관리하고 지원하는 제도가 있으면 좋겠습니다.

포기는 배추를 셀 때나 하는 말

특성화고등학교를 졸업했다면? 이렇게 대학 가자

인생의 전환점 중 하나를 꼽으라면 대학 진학을 들 수 있습니다. 특성화고등학교, 마이스터고등학교를 졸업했다면 해당합니다. 또는 학력 인정 평생교육시설 졸업자나 직업교육훈련과정(위탁과정)을 수료한 일반계 고등학교 졸업자도 지원할 수 있습니다.

이 출신으로 '산업체에서 3년 이상 근무하고 있는 자'가 지원할 수 있는 대학 특별전형이 있습니다. 바로 '특성화고 등을 졸업한 재직자 전형'이라고도 불리는 재직자 전형입니다.

법령상 지원 자격 : 고등교육법 시행령 제29조 제2항 제14호 '다'목

다음의 요건을 모두 갖춘 사람으로서 산업체에 재직 중인 사람(법 제2조제1호·제2호·제4호 및 제6호에 따른 학교에 입학하는 경우로 한정한다)

---

1. 다음의 어느 하나에 해당하는 사람일 것

1) 「초·중등교육법 시행령」 제76조의3제1호에 따른 일반고등학교에 재학하는 동안 시·도 교육감이 「직업교육훈련 촉진법」에 따른 직업교육훈련기관 중 직업교육훈련위탁기관으로 선정한 기관에서 1년 이상의 직업교육훈련과정을 이수하고 해당 일반고등학교를 졸업한 사람
2) 「초·중등교육법 시행령」 제90조제1항제10호에 따른 산업수요 맞춤형 고등학교를 졸업한 사람
3) 특성화고등학교등을 졸업한 사람
4) 「평생교육법」 제31조제2항에 따른 학력인정 평생교육시설 중 특성화고등학교등에서 제공하는 것과 같은 교육과정을 운영하는 평생교육시설에서 해당 교육과정을 이수한 사람

2. 다음의 어느 하나에 해당하는 산업체 근무 경력 기간의 합이 3년 이상일 것

1) 1.의 1)부터 4)까지의 규정에 따라 학교를 졸업하거나 평생교육시설의 교육과정을 이수하기 전의 기간으로서 해당 학교나 평생교육시설에 재학하지 않은 기간 중에 산업체에서 근무한 기간
2) 1.의 1)부터 4)까지의 규정에 따라 학교를 졸업하거나 평생교육시설의 교육과정을 이수하기 직전 학기의 재학 중에 산업체에서 근무한 기간
3) 1.의 1)부터 4)까지의 규정에 따라 학교를 졸업하거나 평생교육시설의 교육과정을 이수한 후 산업체에서 근무한 기간

포기는 배추를 셀 때나 하는 말

재직자 전형은 비교적 오랜 기간이 되지 않은 신설 제도이다 보니 과거에는 인지도가 낮았습니다. 인식도 사회에서 좋지 않은 편이었습니다. 그러나 2010년대 후반에 들어 매력 있는 조건으로 지원자가 쏠리기 시작했습니다. 이로 경쟁률이 대폭 상승하였고, 사회에서 보는 인식도 덩달아 높아졌습니다. 또한, 대학 교육과정 운영이 안정되며 경력과 학력을 둘 다 잡는 큰 장점이 있는 사례로 발전했습니다.

2019년 입학 당시에 이 전형으로 입학하기 위해 열심히 정보를 찾았으나 부족함을 느꼈었습니다. 그래서 카카오톡 방 개설부터 시작하여 수년간 노력한 끝에 지금은 회원 수가 1만 2천 명이 넘는 카페까지 운영하고 있습니다.

네이버 카페 : 편편한재직자

특성화고졸재직자전형에 대해 궁금하다면 운영하는 네이버 카페 '펀펀한재직자'를 찾아오시기 바랍니다. 준비, 재학, 졸업자들과의 네트워크를 통해 많은 정보를 취득하기 좋습니다. 그런 후 원만하게 대학 입학에 도전하면 좋겠습니다.

포기는 배추를 셀 때나 하는 말

인문계고등학교를 졸업했다면? 이렇게 대학 가자

지금도 사회적 배려 계층 등의 이름으로 아동양육시설에 머물거나 퇴소한 이가 적용받는 수시 전형이 있습니다. 이는 2023년 2월 법령 개정을 통해 대학 기회균형선발 대상(전체 모집인원의 10~15% 비율 의무)에 자립준비청년이 포함됨에 근거합니다. 상대적으로 경쟁률이 덜하여 대학에 지원하기 좋습니다. 또한, 2021년부터 국가장학금과 근로장학금 우선 선발 대상에 자립준비청년이 있습니다. 거기에 2023년부터는 취업 후 상환 학자금(생활비) 대출 무이자 지원을 받을 수 있습니다.

여기에 2027학년도 대입부터 특별전형 대상이 추가되어 더 대학에 원만히 다닐 기회가 열립니다. 최근 '한국대학교교육협의회 : 2027학년도 대학 입학전형기본사항'이 확정 및 발표되었습니다. 이로 2027학년도 대학 입학 전형부터 자립준비청년 등 자립지원 대상자들은 특별전형을 통해 대학에 들어갈 수 있게 됩니다. 이는 '아동복지법'의 개정에 따른 조치입니다.

자립지원 특별전형의 대상이 되는 자립지원 대상자는 다음과 같습니다. '가정위탁보호 중인 사람', '아동복지시설에서 보호 중인 사람', '아동복지법 제16조 및 제16조3에 따라 보호조치가 종료되거나, 해당 시설에서 퇴소한 지 5년이 지나지 않은 사람', '이 외에 18세에 달하기 전에 보호조치가 종료되거나 해당 시설에서 퇴소한 사람으로서 보건복지부 장관이 자립지원이 필요하다고 인정되는 사람'입니다. 이처럼 '아동복지법'에서 정한 자립지원 대상자의 범위가 확대됨에 따라, '자립지원 대상자 특별전형'의 지원 자격이 추가되었으니 잘 살펴보시기를 바랍니다.

대입정보포털

해당 사이트를 이용하면 수험생 스스로 대입설계를 할 수 있습니다. 진로정보를 기반으로 한 맞춤형 대입정보를 취득하기 쉽습니다. 또한, 대학

포기는 배추를 셀 때나 하는 말

별 성적분석 기능과 대입 상담을 받을 수 있습니다. 편리한 사용자 인터페이스(UI)를 통해 특정 전형에 대한 대학별 목록을 쉬이 찾아보시기를 바랍니다.

자립준비청년에게 유용한 정책 정보 사이트

온통청년

일반청년, 대한민국 공식 전자정부 웹사이트로, 청년정책, 지자체별 청년

센터, 상담실과 소식, 고용 정보까지 있는 유용한 사이트

청년정책 사용설명서

일반청년, 일자리와 주거, 금융, 교육 등까지 청년 정책들을 잘 소개하고 있

는 블로그

포기는 배추를 셀 때나 하는 말

청년포탈

일반청년, 국무조정실에서 운영하며 청년 정책 소개와 청년 신문고 등을

운영하는 사이트

복지로

대상자, 보건복지부에서 운영하며, 나에게 알맞은 복지서비스를 확인하고

서비스를 신청할 수 있는 사이트

잡아바

일반 경기도 거주 청년, 경기도 일자리 재단에서 운영하며 채용, 지원정책,

일자리 등 정보를 얻기에 좋은 사이트

자립정보ON

자립준비청년, 보건복지부와 아동권리보장원이 같이 운영하는 곳으로 지

원사업과 자립정보, 심리상담과 소식 등 일목요연하게 잘 정리된 사이트

화성시 청년지원센터

※ 이 외로, 2024년 기준 지자체별 청년지원센터가 전국 213곳에 자리를 잡

고 있습니다. 또한, 도, 시, 군 단위로 청년지원센터를 찾으면 관련 사이트

포기는 배추를 셀 때나 하는 말

와 장소가 나오니 안내 정보와 활동 거점으로 삼아 보며 정책 혜택을 받길

추천합니다.

제작 후원 : 마이리얼캠페이너

'마이리얼캠페이너'는 보호대상아동 및 자립준비청년에 대한 사회 인식개선 캠페인입니다. 자립준비청년 당사자가 직접 프로젝트를 기획하고 진행합니다. 각자의 방법과 목소리로 세상에 이야기를 전하여, 사회 변화를 위한 동력을 만들어내는 활동입니다.

'희망친구 기아대책'은 국내 빈곤 문제 해결을 위해 아동·가정·공동체를 대상으로 다양한 복지사업을 수행하고 있습니다. 특히 2021년부터 자립준비청년을 위한 '나로서기 프로젝트'를 통해 온전한 자립과 성장을 지원합니다.

※ 이 책은 희망친구 기아대책 자립준비청년 당사자 프로젝트 '마이리얼캠페이너'의 일환으로 제작되었습니다.

MEMO

포기는 배추를 셀 때나 하는 말